子規と漱石
友情が育んだ写実の近代

小森陽一
Komori Yoichi

目次

はじめに

もし文学的友情という概念を、近代の日本において想定するとすれば、私にはまず正岡子規と夏目漱石との間における、生涯を通じての関わり方が思い浮かぶ。手紙や葉書のやり取りはもとより、手書きの回覧雑誌から始まり、活字印刷された新聞紙面や雑誌の誌面を仲立ちとした二人の関係である。一方が言葉による表現の作者になったときは、他方がその読者となるという相互転換する関係こそが、子規と漱石の文学的友情の内実である。

漱石は生前の子規を、自らの俳句の宗匠として位置づけた。そうすることが、当時は不治の病だった結核を悪化させていく子規に、精神的な生命力を与えようとする、漱石の友情の表明であったと私は思う。第一の読者としての子規は嬉々(きき)として漱石から送られてきた句を添削して送り返していたのである。

東京と松山、あるいは熊本という形で離れていた子規と漱石は、明治日本が構築した、近代国民国家に不可欠な、活字印刷と郵便の制度を媒介として、作者と読者の役割を転換し続ける言葉のやり取りを続けたのであった。

漱石が手紙と共に肉筆で書いて子規に送っていた俳句は、時を経て子規が編集する新聞や雑誌に、活字印刷されて掲載されていくことになる。それは、活字媒体を通じて俳句と和歌の革新を進めていく子規にとって大きな支えとなっていた。

子規は漱石の手紙の読者であり、俳句については読者兼添削者でもあった。そして、漱石から送られて来た俳句の中で、優れたものを活字媒体に掲載するときの子規は編集者となり、あわせてそれを論評する批評家という作者にもなったのだ。また地方都市に暮らしていた漱石は、郵便で送られて来た新聞『日本』や雑誌『ホトトギス』の読者であると同時に、編集者子規に俳句を選ばれることにより、活字媒体における作者ともなっていったのである。

作者と読者の役割を相互に往還する、二人の文学的関係は、漱石がロンドンに留学した後も継続している。〝七つの海〟を支配していたはずの大英帝国の没落を、一九世紀最後の年から二〇世紀の初めにかけてロンドンで目の当たりにした漱石は、その思いを子規に私信で送った。その手紙の文章を懸け橋として、子規はまるで自分が海を渡って、ロンドンに往ったかのような思いになる。

読者としての子規は、ただちに編集者になり、この私信に『倫敦消息』という題名を付け、さらに著者名を「漱石」として『ホトトギス』に掲載した。ロンドン生活の「写生文」のようにして『倫敦消息』が『ホトトギス』に掲載されたことで、「漱石」という写生文作者が誕生したのだ。そしてロンドンの漱石は、その読者となるわけである。

『ホトトギス』のロンドンにおける読者である漱石は、子規の病床の「写生文」で友の病状を詳細に知らされる。その子規から、もう一通だけでいいから、『倫敦消息』と同じような手紙が欲しい、という依頼がロンドンの漱石に届く。

こうした子規と漱石の間で、どのような近代日本語の表現の水準が生み出されたのかを、本書は記述しようとしている。日本語の短詩型文学の表現を分析する訓練を受けず、学習する努力を怠ってきた私に出来ることは、「写生文」や批評を中心とした散文について記述することに限定せざるをえない。しかし、短詩型文学の指導者子規と、その弟子となった漱石との言葉のやり取りからは、私たちが使用している現在の日本語の、意識しなくなった文学の力が、くっきりと見えてくる。

凡例

一、正岡子規の作品・手紙などからの引用は主として『子規全集』（講談社、一九七五〜一九七八）、夏目漱石の作品・手紙などからの引用は主として『漱石全集』（岩波書店、一九九三〜一九九九）に拠った。

一、旧字体の漢字は原則として新字体に改めた。また、原典にはないルビも適宜施した。

一、引用については、今日の人権意識に照らして不適切な表現があるが、原典の時代性を鑑み、原文のままとした。

第一章　子規、漱石に出会う

文学的友情の軌跡

子規正岡常規(つねのり)、一八六七(慶応三)年九月一七日(新暦一〇月一四日)伊予松山に生まれる。明治という時代の新しい活字メディアである新聞と雑誌を舞台に、短詩型文学としての俳句と短歌を革新する運動を展開した。また絵画の概念であった「写生」を、近代散文に応用し、外界の対象を視覚的に表象する新しい文体としての「写生文」を創出する。一九〇二(明治三五)年九月一九日死去、享年三四。

漱石夏目金之助、一八六七年一月五日(新暦二月九日)江戸に生まれる。英文学を学び、松山中学校、熊本第五高等学校の英語教師を経てイギリスに留学し、帰国後、東京帝国大学で英文学を教える。子規の弟子高浜虚子（一八七四〜一九五九）の勧めで、子規と虚子が刊行していた俳句雑誌『ホトトギス』に『吾輩は猫である』などの小説を執筆することになる。小説家としての能力が高く評価され、一九〇七（明治四〇）年、『朝日新聞』に専属小説家として入社。独自の小説世界を構築し、一九一六（大正五）年一二月九日、『明暗』を完結させないまま死去。享年四九。

日本近代文学の主要な領域を、「明治」という新しい時代において再発見し、後に続く者たちが、しっかり受け継ぐことの出来る近代日本語の組織的体系を創造した、二人の文学者の文学的な友情の、最も要になるところを言葉で跡づけておきたいというのが、本書の願いである。

それぞれが生まれたときの年月日を、あえて記すことによって、歴史化された存在としての子規と漱石を囲い込んでおく。そのうえで、改めて二人の文学をめぐる友人としての関わりが、進み変化し深まっていく過程に、どのような言葉を与えることが出来るのかを考えながら、この後の叙述は進められていく。

「子規」と「漱石」の誕生

夏目金之助と正岡常規との交友が始まるのは、二人が第一高等中学校本科一部（文科）に進学してしばらくしてからの、一八八九（明治二二）年一月頃であった。この年の五月九日に常規は突然喀血し、翌日五十句近い俳句を作った際に、「子規」と号した。「子規」とは時鳥のこと。当時、血を吐くように鳴く時鳥は、肺結核の代名詞のように使われていた。

金之助は一三日に子規を見舞いに行き、その日のうちに手紙を書いている。「喀血より肺労又は結核の如き劇症に変ぜずとも申し難く只今は極めて大事の場合故出来る丈の御養生は専一」と強調し、末尾近くに「帰ろふと泣かずに笑へ時鳥」、「聞かふとて誰も待たぬに時鳥」という二句を書き添えた。この手紙の末尾で子規の喀血を、「劇症に変」ずるとまで金之助が心配した理由が明らかにされる。「僕の家兄も今日吐血して病床にあり斯く時鳥が多くてはさすが風流の某も閉口の外なし呵々」。

大笑いを表す「呵々」という二文字とは裏腹に、金之助は、兄である夏目直矩が、同じ日に「吐血」したことを打ち明け、自分の身内と同じように、あるいはそれ以上の心配をしていることを、さり気なく子規に伝えている。金之助は「肺労又は結核」という病が、致死的な病であることに心底脅えているのだ。それは、この手紙の差し出し人として、「夏目金之助」と署名することをめぐる屈折した思いと重ねられてもいた。

正岡常規と知り合う前、金之助は塩原姓であった。塩原姓から夏目姓に復籍したのが前年の一月。その前の年の一八八七（明治二〇）年三月に長兄の大助が、六月に次兄直則が、相継いで結核で死去したため、夏目家の家督相続に危機感を抱いた父親が、金之助を塩原家から夏目家に復籍させようとしたからである。その際、夏目家から塩原家に支払う養育費の証文に、彼は「金之助」と署名させられていた。自分という人間が、金で売り買いされているかのような証文に、「金（かね）」「之（の）」「助（たすけ）」と署名することの屈辱。

子規は喀血する前の五月一日、七種の異なった文体、すなわち漢詩、漢文、和歌、俳句、謡曲、論文、擬古文体小説で編んだ文集『七草集』を脱稿し、友人たちに回覧していた。この『七草集』の末尾に、金之助は漢文で評を書き、最後に七言絶句九篇（へん）を付けて、五月二六日、病床の子規を見舞い、返却している。そして五月二七日付の手紙で、金之助はこの漢詩について言及する。

自分の漢詩を「小児の手習」と卑下し、「切り棄て丶屑籠（くずかご）」に捨ててくれと言い、その漢詩を病んだ子供に、作った自分を「親」に喩えて、古代中国の伝説上の名医「扁鵲」でも治すことの出来ない病だから「殺した方」がいいと書く。子規を医者に喩え、「君の配剤」、つまり薬の調合で「頓治」させてくれないかと、金之助は文学上の交わりを結ぶことを申し出ている。

金之助が書きつけた七言絶句では、「杜鵑」という時鳥の漢語表現を使い、「多病多情」の「君」を「憐」れむという表現も組み込まれていた。病床の子規を気遣いながらも、自らの漢詩文の教養をさり気なく示し、文学的教養を共有する者同士としての関わりを、金之助は子規と結ぼうとしていた。

そして「漱石より」と署名し、「丈鬼様」と常規をもじった宛名を書いたうえで、手紙の末尾に「七草集には流石の某も実名を曝すは恐レビデゲスと少しく通がりて当座の間に合せに漱石となんしたり顔に認め侍り後にて考ふれば漱石とは書かで漱石と書きし様に覚へ候」と書き添えている。夏目金之助が「漱石」という号を初めて使ったのは、子規の『七草集』の評への署名だったのである。

それにしても、この書き添えは戦略的である。なぜなら、「漱石」と書くつもりが「漱石」と誤記したかもしれないと、きわめて微細な文字の書き違いを指摘しているのだから、子規は必ずもう一度『七草集』の金之助の署名を確認しなければならなくなる。つまり金之助は、自分の手紙を読んだ後、もう一度子規が、漢文による批評と九篇の七言絶句とを、目を凝らすようにして読み直すよう誘惑しているのだ。自分の書いた文章に、相手の注意を向けさせ、自分もまた相手の書いた文章を注意深く批評する、そうした関係を「漱石」は「子規」と結ぼうとしていたのであった。

この日から、「子規」と「漱石」という二人の文学者の「交友」が始まったのである。

「漢学」と「英学」と新しい文学

この夏、漱石は房総方面を旅行し、『木屑録』という紀行漢詩文を、九月九日に脱稿している。『木屑録』を読んだ子規は、一八八九（明治二二）年の随筆『筆まかせ』の中で漱石の才能を高く評価する。

余の経験によるに英学に長ずる者は漢学に短なり　和学に長ずる者は数学に短なりとい

ふが如く　必ず一短一長あるもの也(なり)　独り漱石は長ぜざる所なく達せざる所なし、然(しか)れ共其(その)英学に長ずるは人皆之(これ)を知る、而(しか)して其漢文漢詩に巧なるは人恐らくは知らざるべし　故にこゝに附記するのみ

通常「英学」の出来る者は「漢学」は不得意のはずなのだが、漱石は「英学」も「漢学」も両方すぐれている。漱石が「英学」にすぐれていることは多くの者の知っていることだが、「漢文漢詩」も「巧」であることについては、自分以外は知らないだろうから、あえて記しておくと、漱石の隠れた才能を発掘した自負を子規は書き記している。

それだけではない。「英学」が出来るからこその漱石の独自性にも子規は気づいている。紀行文の一節における「遭礁激怒欲攫去之而不能　乃躍而超之」（引用者註：礁(しょう)に遭いて激怒し、之を攫(つか)み去らんと欲して能(あた)わず。乃(すなわ)ち躍りて之を超え〈以下、漢文の訳は全て引用者による〉）という一節を引用したうえで、子規は、ここに「英語に所謂(いわゆる) personification」（擬人法）が使われていると指摘する。「波を人の如くいひなし　怒といひ攫(かく)といひ躍といふ　是(かく)の如きつゞけて是等の語を用ゐしは恐らくは漢文に未(いま)だなかるべく　漱石も恐らくは気がつか

ざりしならん」。漱石自身が気づいていない新しい漢詩表現の可能性を、子規が見出しているのである。

しかし、何より子規が漱石に一目置いたのは、しっかりした古典的教養を持っていたことについてである。「其文、支那の古文を読むが如し」と評価し、「漱石素と詩に習はず而して口を衝けば則ち此の如し　豈畏れざるを得んや」と、漱石が「詩」を「習」っていないのに漢詩表現を血肉化していると高く評価する。「此詩の如き真個の唐調にて天衣無縫ともいはんか」と、漱石の具体的な詩句を引用しながら、古典的教養に裏づけられた「真個の唐調」であるにもかかわらず、物真似の技巧ではない、自然で独自性に満ちた「天衣無縫」な表現を達成していると、子規は認めているのである。

すぐれて新しい文学表現は、しっかりとした古典の教養に裏づけられて、初めて成立するという、文学に対する子規の基本的な立場と評価軸が、漱石の漢詩文との関わりにおいて形成されたことは必然であった。なぜなら、子規と漱石二人が出会った時代が、文字どおりに新しい文学の時代だったからである。

同じ『筆まかせ』の中で『木屑録』評の後に、子規は『日本の小説』という文章を書いている。これは現在の近代文学史の認識からも決して遜色のない、同時代小説史である。「明治維新の騒動」の後、「新聞に小説を出だす者あるに至り　時々は西洋の小説を訳する者ある様になれり」と、「新聞」という日刊の活字媒体と結合した「小説」というジャンルの再興に子規はまず注目している。

「小説」という、古くは紫式部の『源氏物語』や清少納言の『枕草子』の時代に盛んになり、後に時を隔て、「徳川氏の中頃より」「新たに芽を出し」、「西鶴」以来「発達」し、一度は「明治維新」で途絶えたかに思えたジャンルの再興に、子規は興奮しているのである。そして、今、自分の眼の前で、画期的なジャンルの革命が遂行されており、その小説革命家が春廼舎朧こと坪内逍遥（一八五九〜一九三五）であり、その成果が『当世書生気質』（一八八五）と『小説神髄』（同前）にほかならないと子規は言う。

明治二〇年の「小説」の大転換

「馬琴を始め」とするそれまでの「小説家」は、「小説」というジャンルそのものを「いやしめ」ていたために、「其にげ口上」として、表面的な「勧善懲悪」を装っていた。もちろん「小説」の書き手が「心中に於て」、本当に「小説」を「いやしめ」ていたわけではない。「小説」というジャンルの「尊きの道理を発見」することが出来なかったのだ。しかし、「春廼舎氏」は、その「迷夢を破」ったと子規は言う。

子規が注目しているのは、第一に、逍遥がそれまでの政治小説にあった党派性を脱却したこと。第二に、『小説神髄』によって「人情を本」とすること、すなわち作中人物の心理の動きを、「小説」というジャンルの中心に据えたこと。そして第三は、文体の問題である。ボキャブラリーとしては「漢語」を用いて、時代状況に対応した適切な表現を可能にすると共に、「雅語を用」いることによって、「文」としてのまとまりをつけていることを、子規は評価している。『小説神髄』で逍遥が主張した、平安時代の文語文による表現と日常的な表現を混ぜた「雅俗折衷」体を、新時代の小説「文体」として選ぶことを子規は支持しているのだ。この場合の「漢語」には、明治に入ってから、「明六社」の洋学知識人によって漢字二字熟語に翻訳された、欧米の近代的諸概念も含まれていることも忘れてはならない。

明治二〇年代の文学にとって決定的だったのは、二葉亭四迷（一八六四～一九〇九）の

『浮雲』の登場であった。そこで試みられた「言文一致」体が新時代の象徴的文体となっていき、摸倣者が続出する。「小説」というジャンルにおいて、大きな転換が生じていった。「小説」の方法が日進月歩していったのが、明治二〇年代の初めだった。

『日本の小説』で子規は、さらに次のように述べている。

> かの浮雲なる者世に出でゝ言文一致を世人に示せしより　新を好み奇を好むの世の中、日本の小説家、十中の九までは皆言文一致をまねるに至れり　是よりさき春廼舎氏始めて書生気質を出板するに冊を分ち雑誌風に発兌せしより　世間皆其簡便なるを知り　終に小説の雑誌の流行を来したり、今日の小説界を見るに大に流行する者は青年小説家と小説雑誌と言文一致流との三なり　他語にていへば青年小説家が言文一致の小説を書きて雑誌へ出す者多しといふこと也。

旧文体になじんでいない「青年小説家」こそが、流行の「言文一致」体を摸倣出来るのだ。新しい活字メディアとしての小説雑誌において、多くの「青年」たちが職業作家としてデビューしていったのである。
「小説雑誌」の代表格が硯友社の機関誌『我楽多文庫』であり、「青年小説家」とは硯友社の中心となっていた尾崎紅葉（一八六八〜一九〇三）や山田美妙（一八六八〜一九一〇）だ。そして山田美妙こそは、「言文一致の小説を書」く第一人者の「青年小説家」であった。紅葉も美妙も、子規や漱石とほぼ同年齢であり、同じ時期に東京大学予備門（後に第一高等中学校と改称）に入学していた。

美妙は一八八七（明治二〇）年に帝国大学文科大学への入学に失敗するが、同時代の商業雑誌発刊ブームの中で、「小説家」を職業とする道を切り拓いていく。まずはこの年の七月に創刊された、女性読者を対象とした雑誌『以良都女』に小説、評論、新体詩を発表していく。

そして同年一一月から美妙は、『読売新聞』に言文一致体による歴史小説『武蔵野』（一八八七・一一・二〇〜一一・二・六）を連載し、多くの読者を驚かせた。

言文一致体に対する挑戦

新しい「小説」の担い手として子規が注目し尊敬もしていた春廼舎朧こと坪内逍遥に、漱石や子規とほぼ同じ歳の山田美妙が、この言文一致体小説によって認められたのである。

子規が美妙の活躍に対して、敵愾心(てきがいしん)とまではいかなくとも、ある種の対抗意識を燃やしたとしてもおかしくはない。だから子規は、『日本の小説』の中で言文一致体に対しては、ことさらに批判的であったのだ。

同じ『筆まかせ』の中に、『言文一致の利害』という文章がある。ここで子規は、「感情によりていへば余は甚だ以(もっ)て言文一致を悪(にく)む者なり」という自己規定をしたうえで、反言文一致体論の論陣を張っている。

子規が提出しているのは「小説」のような「文学に於て何を苦んで言文一致とするや何の必要あつて言文一致とするや」という疑問である。

はたして「小説」の地の文において、「くどくうるさ」い「言文一致体」をあえて使うべきなのか。使う目的は「衆人に分りやす」くするためだが、はたして「小説」は、ただ「分りやす」ければいいのか、という問いかけである。

この言文一致体をめぐる議論を通じて、子規は、言葉によって現実をどのように「写す」のかという、後の写生文につながる問題意識を深めていくことになる。

子規の問題意識はきわめて方法論的であり、かつ実践的であった。

一八九〇（明治二三）年一月から三月にかけて書かれた『筆まかせ』の「第二篇」の『小説の文体』という文章では、子規が「文体」のどこにこだわっていたのかが見えてくる。「一昨年の夏」とあるので、一八八八（明治二一）年に考えたことであろう。「同じ事を異なる文体にて書きて見ん」と述べて、次のような四つの文例を並べている。

机の上に向ひながらも書読む様には見えず
眼を書の上にそゝぐものから　其瞳の動かぬはそをよむものとも見えず
視線は鉛直に書物の上に向へり　然れども眼球の上下せぬは文字を読みつゝあらぬことをうらぎりしゐるなり」
書物をジッとながめてゐる、身動きもせぬ、またゝきもせぬ。よく〳〵見れば眼のたまはチットモ動かぬ。ハテナ……これでは書物を読んでゐるのではない
以上四種の中どの文体がよきかは人々の好みによりて違ふことなるべし　諸君子はいづ

れを取り給ふや

この時期の「小説」の地の文が、どのような表現の方法をめぐって模索されていたか、そして子規がどこに「文体」上の関心を抱いていたかがよくわかる文体実践例だ。

第一文は、雅俗折衷体の通常の叙事文。地の文の書き手が読者に、作品世界の場面内の状況を自らの判断で外側から対象化して伝える書き方である。

第二文は、雅俗折衷体の地の文の書き手が、作品世界の場面に内在し、作中人物と向かい合い、その「瞳の動」きを盗み見しながら読者に場面内情報を伝える表現方法である。

第三文は、「視線」や「鉛直」「書物」「眼球」といった、翻訳語的な漢字二字熟語を多用しながら、場面内状況を断定する全知の書き手ではなく、事実から類推する、場面に内在する限定的な地の文の書き手による表現である。

そして第四文では、ことさらに言文一致的な、饒舌な語り手が地の文を統括している。「ジッと」「チットモ」といった口語的擬態表現、「ハテナ……」といった語り手自身の口語的つぶやき、前半ではただ事実だけの観察報告をし、「ハテナ……」と疑問を抱き、ようやく「書物を読んでゐるのではない」という判断を下す、物語の場面内部の知覚感覚的条件に規定された、場面に内在する言文一致体的語り手の、有限性が強調されている表現になっている。

論争する子規と漱石

このように同時代の「小説」という新しいジャンルが生み出した文体の、価値判断の規準を、どこに置くべきかについて、子規は様々な模索を繰り返すと同時に、自分でも多様な文体の実験を試みていた。

子規の「小説の文体」への過剰な執着が、夏目金之助との間の手紙のやり取りの中で、一つの論争を生み出していく。日本の近代文学史の中で、最も早い「形式と内容」をめぐる論争の一つだった。

一八八九（明治二二）年一二月三一日付の子規宛の手紙で、漱石は「今度は如何なる文体を用ひ給ふ御意見なりや」と、「文体」を取り換え引き換えしてきた子規を揶揄しながら、かなり挑発的な批判をしている。

兎角大兄の文はなよ〳〵として婦人流の習気を脱せず近頃は篁村流に変化せられ旧来の面目を一変せられたる様なりといへども未だ真率の元気に乏しく従ふて人をして案を拍て快と呼ばしむる箇処少きやと存候総て文章の妙は胸中の思想を飾り気なく平たく造作なく直叙スルガ妙味と被存候さればこそ瓶水を倒して頭上よりあびる如き感情も起るなく胸中に一点の思想なく只文字のみを弄する輩は勿論いふに足らず思想あるも徒らに章句の末に拘泥して天真爛漫の見るべきなければ人を感動せしむること覚束なからんかと存候

逍遥が『小説神髄』で提唱した雅俗折衷体は、紫式部の『源氏物語』をはじめとする物語文体を基盤にしている以上、「婦人流の習気」を帯びるのは当然だったろう。子規は当初、こうした文体を用いていたようだ。漱石はそれが最近「篁村流に変化」、すなわち一躍流行作家となった饗庭篁村(一八五五～一九二二)の文体に転換したので「旧来の面目を一変せられたる」と一応の評価をしつつも認めてはいない。なぜかと言えば、そこには

「思想」がないからだ。

　漱石は「思想」第一主義である。「思想」がないまま「文章」の形だけにこだわる者は問題外だが、「思想」があったとしても、「章句の末に拘泥」するのでは、読者を「感動」させることは出来ないと言い切っている。そして引用部の後には「今世の小説家を以て自称する輩は少しも「オリヂナル」の思想なく只文字の末をのみ研鑽批評して自ら大家なりと自負する者」に過ぎないと手厳しい批判を加えている。その意味で子規との論争において、明治二〇年代の「章句の末に拘泥」する「言文一致体小説」ブームに、きわめて厳しい態度をとったところに、およそ一五年後、まったく新しい「言文一致体」の小説の書き手としての、小説家「夏目漱石」の誕生の前提が創られていたと言えよう。

　さらに追い打ちをかけるように、漱石は年明けに、「Idea ヲ先ニシテ Rhetoric ヲ後ニセヨ」という内容の、長い文章論を子規に宛てて書き送る。これに対する子規の側の反論は、「両者未可比較也」（両者未だ比較す可からざる也）というもので、理論的には漱石の方が優位に立っていた。

厭世(えんせい)と自殺への願望

こうした論争的な関わりをとおして、子規と漱石は、お互いの心の深いところに踏み込んだやり取りをするようになる。同じ一八九〇（明治二三）年の夏、帰郷した子規宛に、七月二〇日と八月九日に連続して漱石は手紙を送っている。一通目の手紙では、子規からの手紙に応答しながら、「何の因果か女の祟(たた)りか此頃は持病の眼がよろしくない方で読書もできずといって執筆は猶(なお)わるし」といった近況報告にとどまっているが、二通目ではかなり正直に、自分の厭世の悩みを「自殺」への願望と共に子規に打ち明けている。

此頃は何となく浮世がいやになりどう考へても考へ直してもいやで〳〵立ち切れず去りとて自殺する程の勇気もなきは矢張り人間らしき所が幾分かあるせいならんか「ファウスト」が自ら毒薬を調合しながら口の辺まで持ち行きて遂に飲み得なんだといふ「ゲーテ」の作を思ひ出して自ら苦笑ひ被致(いたされ)候

漱石は自分の中に生じてきている自殺への願望を告白し、手紙の末尾には「小生箇様な愚痴ッぽい手紙君にあげたる事なしかゝる世迷言申すは是が皮きり也苦い顔せずと読み給へ」と、子規との間で「世迷言」を語り合える関係性に入りたいという申し出を付け加えている。

弱音を吐いた漱石に対する子規の八月一五日の手紙は、「何だと女の祟りで眼がわるくなつたと、笑ハしやァがらァ、此頃の熱さでハのぼせがつよくてお気の毒だねへ」という、落語のような口調で始まっている。落ち込んでいる友人を励まそうとして、あえて挑発的かつ攻撃的な文章を子規は書いていく。

「此頃ハ何となく浮世がいやで〳〵立ち切れず」ときたから又横に寝るのかと思へバ今度ハ棺の中にくたばるとの事、あなおそろしあなをかし。最少し大きな考へをして天下不大瓢不細（天下は大ならず、瓢(ひょう)は細ならず）といふ量見にならでハかなハぬこと也

漱石の自殺願望の告白の部分をあえて引用し、「棺の中にくたばる」と言い換えて茶化し、徹底して笑いのめすことによって、元気づけようとしている子規の必死さがあらわれ

ている。それは常に子規の病状を気遣う言葉を、漱石が滑稽化して書き送ってくれていたことに対する応答でもあった。「自殺」願望をめぐる手紙のやり取りは、子規と漱石の生涯を貫く関係性となる。

しかし漱石の方は、本気で傷ついてしまう。この子規の手紙への返信で、「女祟の攻撃昼寝の反対奇妙〳〵然し滑稽の境を超えて悪口となりおどけの旨を損して冷評となつては面白からず」と書き送っている。

これに対して子規は八月二九日の返信の冒頭で、次のように謝罪する。

> 御手紙拝見寝耳に水の御譴責状ハ実ニ小生の肝をひやし候（ひやし也ひやかしにあらず）君を褒姒視するにハあらざれど一笑を博せんと思ひて千辛万苦して書いた滑稽が君の万怒を買ふたとハ実に恐れ入つた事にて小生自ら我筆の拙なるに驚かざるを得ず何ハともあれ失礼之段万々奉　恐　入候

実に素直な謝り方ではあるが、重要なのは子規と漱石の間で共有されていた「滑稽」が、精神的あるいは身体的に窮地に追いつめられた相手を、「一笑」によって救おうとする言葉の使い方であったということである。笑いによって相手を救う言葉を共有していたのだ。

この年の九月、子規は帝国大学文科大学哲学科に、金之助は英文科に入学した。それにしても、子規と漱石が、なぜこれほどまでに「文章」や「文体」に執着していたのか。それは彼らがどのような世代に属していたのかということと深く関わっている。

子規と漱石二人が帝国大学に入学した年、すなわち一八九〇(明治二三)年一一月に帝国議会が開かれた。その前に行われた、初めての衆議院議員選挙に立候補出来たのは十五円以上の直接国税を納税している満三〇歳以上の男性、投票権は同じく十五円以上の直接国税を納税している満二五歳以上の男性にしか与えられなかった。自由民権運動に参加した子規や漱石の世代より七歳以上年上の兄たちの世代は、活字媒体を通じて、筆者である自分の固有名を社会に流通させることによって「有名」になり、その結果として国会議員となり、政界に参入することが出来た。二歳以上年上の世代は投票が出来た。しかし子規や漱石たちの世代には、このとき政治に関与する道筋は閉ざされていた。

子規や漱石たちの世代にとっては、「文学」の中にしか、自らが社会的に「有名」になっていく可能性は残されていなかった。彼らにとっては「文学」に関わることが、政治にかわる一つの事業だったのであり、そうであるがゆえに過剰なまでに「文章」や「文体」に敏感にならざるをえなかったのである。

一八九三（明治二六）年三月末、子規は、帝国大学を退学する。前年一二月に日本新聞社に入社し、『日本』の文苑欄の俳句欄を担当することになったからだ。子規は「新聞屋」の道を歩み始める。漱石は七月に帝国大学文科大学英文科を卒業し、大学院に進学する。二人の進む道は、ここで分岐していくことになった。

第二章　俳句と和歌の革新へ

俳句ジャーナリスト子規の誕生

一八九一（明治二四）年六月、子規は学年末試験を放棄して帰省した。七月九日付の漱石の手紙は、成績発表の結果を告げて来ていた。「今日学校に行つて点数を拝見す君の点で欠けて居る者は物集見（もずめ）の平生点（但し試験点は七十）と小中村さんの点数」、「小中村（こなかむら）の平生点六十以上と物集見の平生点六十以上あれば九月に試験を受る事が出来る然（しか）し今のまゝでは落第なり」と漱石は子規に報告している。

さらに七月一六日付の手紙では、漱石はわざわざ「教務掛りへ照会」して、「一日も早く」「小中村物集見平常点の義」について手を打った方がいいと注意してもいるのである。

「小中村」は歌人で国文学者の小中村清矩（きよのり）、「物集見」は国語学者の物集高見のこと。子規は二月に帝国大学文科大学哲学科から国文科へ転科していたのである。

この手紙と入れ違いの子規からの手紙で、「御帰省後御病気よろしからざるおもむき」を知った漱石は「虚栄学士」になることよりも「命大切」と気遣いの言葉を送っている。この頃から子規は、大学での学問に集中出来なくなったようだ。

一二月に、子規は文学者として立つ決意を固め、常盤会寄宿舎から出て、本郷区駒込追分町に移り、面会を謝絶して、小説の執筆と、「俳句分類」の作業に集中していく。このとき書いた小説が『月の都』であり、脱稿したのが翌一八九二（明治二五）年の二月下旬。ただちに幸田露伴（一八六七〜一九四七）のもとへ原稿を持参したが、期待していたような評価を得ることは出来なかった。

二月二九日、日本新聞社社長陸羯南（くがかつなん）（一八五七〜一九〇七）の家の西隣、下谷区上根岸町八八番地に子規は引っ越しをする。羯南は子規の叔父である加藤拓川（一八五九〜一九二三）と司法省法学校で同期であった。ここから子規と新聞『日本』との関わりが始まることになる。

五月四日、高浜虚子に宛てた手紙で、「僕近来精神悶々狂せんとするもの数々也」、「僕ハ小説家トナルヲ欲セズ詩人トナランコトヲ欲ス」と書いているように、幸田露伴との何度かの面会を通じて、子規は「小説家」になることを断念し、次第に俳句に集中するようになっていく。前年の六月末から七月初めにかけて、子規は横川から軽井沢を経て松本に出て、奈良井から木曾川沿いに下り、馬籠へ出て美濃路に至る旅をしていたが、俳句と和歌を織り込んだこの旅の紀行文『かけはしの記』が、五月二七日、新聞『日本』に掲載されることになる。そして六月二六日から『日本』に、子規は『獺祭書屋俳話』を連載し始めた。

その一週間前の六月一九日付の手紙で、漱石は自分たちが受けたルードヴィッヒ・ブッセの哲学の追試験を受けられるように「談判」するべきだと子規に提案しているが、子規は学年末試験に落第してしまう。

この夏、漱石は、松山に帰省する子規と共に初めての関西旅行に出る。子規と別れた後、旅先の岡山から、七月一九日に手紙を出している。

……試験の成蹟面黒き結果と相成候由烏に化して跡を晦ますには好都合なれども文学士の称号を頂戴するには不都合千万なり君の事だから今二年辛抱し玉へと云はゞなに烏になるのが勝手だと云ふかも知れぬが先づ小子の考へにてはつまらなくても何でも卒業するが上分別と存候

そして「鳴くならば満月になけほとゝぎす」という句を添えている。見事な俳文である。『獺祭書屋俳話』の「俳話」とは「俳句や俳諧についての話」という程度の意味だが、この年の一〇月まで、計三十八回の連載を通じ、結果として「俳諧史、俳諧論、俳人俳句、俳書批評」(『獺祭書屋俳話小序』)という体系だった形になっていく。つまりここに俳句や俳諧を題材にして新聞記事を書くという、俳句ジャーナリストとしての正岡子規が誕生することになったのだ。

同じ一〇月に子規は帝国大学文科大学を退学することにし、陸羯南に退学後のことを依頼し、一〇月三〇日に『我邦に短篇韻文の起りし所以を論ず』という論文を、『早稲田文学』に発表する。この論文は「俳句のアイデンティティを「日本」とその自然の中に見いだそうとする」「地政論的俳句論」（鈴木章弘『赤い写生――写生する主体の揺れ』、『国文学解釈と教材の研究』二〇〇四・三）の試みであった。

子規はまず、論文の冒頭で「日本は美術国なり」という「通説」が「方今世界に伝称」していると宣言する。そして「日本」が「美術国」になった「原因」は二つあるという。「第一の原因」は、「日本」が永い間「外国との交通を絶ち」、「一島国の内にて衣食住豊かに生計の用を充たすこと」が出来たところにある。すなわち「天下安穏」で「内訌外患の虞少き」ことで、「衣食足り」ることによって「消極的快楽」が満たされていたので、「積極的快楽」としての「美術」を発達させることが出来た、という論理である。「第二の原因」としては、「我国の地」は「到る処」が「絶風光」であったという、自然そのものが「山あり奇にして秀」、「水あり清にして快」、つまりは自然そのものが美しかったことをあげ、「山水明媚」が「美術国」の基礎を形成した、と子規は言う。

そして「美術の一部分として」の「文学」の特質も、この「二原因」に規定されているとして、子規は、「日本」における「文学」の中の「韻文」の歴史を概観していく。「奈良朝」の「万葉集」には、「五言七言の配合」を中心とした定型を基本にした、「長歌」も「短歌」も収録されていた。この段階ではまだ、「長歌の前途」については「大に望を属すべき」状態にあった。けれども「平安朝に於て」は、「三十一文字の短歌のみ」がもてはやされるようになり、その後「一千年」の「日本」の「韻文」の「歴史」において、「長歌全く圧せられて短歌独り勢を得る」という事態になってしまったと、子規は「日本」「韻文」史を概観している。

　ではなぜ「長歌」は発達することなく、「短歌」だけが「勢を得る」状況になったのか。「原因」はやはり二つあると子規は言う。「第一の原因」は、「文学」としての「韻文」が、「公卿」（貴族階級）たちがつくる閉鎖的な「公卿社会」における「遊技」、あるいは「娯楽」だったことにある。

「公卿社会」という閉鎖的「上流社会」において、その構成員であることを証明するための、「題詠」や「歌合せ」といった社交儀礼的な「遊技」としては、「三十一文字」の「短歌」が最も適していたのである。

国民文学としての俳句

「短歌独り勢を得る」状況を生み出してしまったもう一つの「一大原因」は、先に子規が提示した国土の「山水明媚」という条件に基づき、「天然（ネーチユア）」の「雅景」を「摸写（もしや）」すれば足りるという発想の中で、「数十字の短篇にても可なる」表現領域が形成されてしまったというところにある。

ほとんどの「短歌」が、「山光水色」「花木竹草」が「直接に吾人の心裡に生じたる表象」に「極めて僅少の理想を加へ以て（もつ）」、「一首の韻文を構造するに過ぎ」なかったのは、やはり事実である。「人情を叙する」と言っても、「恋歌」「離別歌」「羈旅歌（きりよか）」といった、「最簡単なる観念の範囲」、すなわち類型から出ることがなかった。

そして「短歌」の場合、「古語の外に新語を用ふるを許さず」、「古文法の外に新文法を用ふるを許さ」なかったために、「武断政治の時勢」以後は、この「平和的文学」は「地に堕（お）ちて復（ふたた）び振ふこと能（あた）はざりき」という事態になったのだ、と子規は総括する。

しかし、「徳川氏」の平和な時代に「新言語」と「新意匠」を許容した「俳句」という

「十七字」の「限れる短篇」が「起りて」、「韻文の面目を一新した」。さらに「俗語を用ふるを許した」ことによって、「全く無学文盲の俗人」たちも参加することが出来るようになった。いわばほとんどの人たちが、みな「小文学者」になりうる時代になったのである。この「俳句」に正面から向かい合うことなしに、「我邦の韻文」の「未来に於ける趨向（すうこう）」を見さだめることは出来ない、と子規は言う。この俳句に国民文学を見出（みいだ）したところに、子規が俳句ジャーナリストになる必然性があった。

日本における「短篇韻文」の系譜が、「叙事」を回避し、単純な「叙情」と「叙景」を専らにしてきた帰結として、「俳句」という最も短い短詩型ジャンルが成立したのだとすれば、「俳句」によって「叙事」をする試みによって、このジャンルを内側から変革することが出来ると考えるのは、一つの論理的必然だと言えよう。

俳句による時事評論

実際、子規は日本新聞社に正式に入社するのに前後して、「俳句」によって「時事」を「評」論する『俳句時事評』という、新しい試みを行っている。一八九二（明治二五）年の一一月一七日、母八重、妹律を連れて、子規は上京する。新聞『日本』の記者として生きることを決めたのであった。子規二五歳のときである。翌一八日に、陸羯南から、日本新聞社に毎日出社するように告げられた。漱石は一一月二〇日付の葉書で、「御老母さま幷びに御令妹へよろしく」と書き送っている。二八日、子規は初めての『俳句時事評』となる『日比谷八景』を掲載する。そして一二月一日、日本新聞社に初出社、月給は十五円と決まる。そしてこの日、『海の藻屑』という二本目の『俳句時事評』を執筆し、翌日の『日本』に掲載される。この『海の藻屑』には、子規が挑戦しようとした『俳句時事評』のねらいどころが鮮明にあらわれている。

奔浪怒濤の間に疾風の勢を以て進み行きしいくさ船端なくとつ国の船に衝き当るよと見えしが凩に吹き散らされし木の葉一つ渦まく波に隠れて跡無し。軍艦の費多しとも金に数ふべし。数十人の貴重なる生命如何。数十人の生命猶忍ぶべし。彼等が其屍と共に魚腹に葬り去りし愛国心の価問はまほし。

ものゝふの河豚に喰はるゝ哀しさよ

これが全文である。非常に短いコラムだが、散文と俳句との組み合わせによって、きわめて多義的な意味作用が、同時代の新聞読者の意識との対話の中で紡ぎ出されていくことになる。この散文の前提は、一二月一日に多くの新聞で大きく報道された「千島艦沈没事件」である。「俳句」と「評」が新聞の見出しのようになって、読者は自分の記憶の中から新聞の記事を取り出して、読み直す(記事の記憶を辿り直す)ことにもなるのだ。

事件の第一報は一一月三〇日の午後一時過ぎ海軍省に入った。一一月二八日午後一時頃、長崎から神戸港に向かった、フランスから横浜まで回航中の帝国海軍水雷砲艦千島七百トンが、愛媛県の興居島付近で、三〇日の明け方午前五時頃に、二九日に神戸港を出港したイギリスの汽船ラヴェンナ三千トンと衝突したのである。九十名の乗組員のうち救助されたのはわずかに十六名。ただちに門司港から軍艦筑波、神戸港から葛城と武蔵が救助に向かったが、残り七十四名の安否はわからない、というのが一二月一日の段階での報道であった。

この事件に対する子規の「評」の力点は、「吹き散らされし木の葉一つ」という表現で千島艦の小ささに置かれ、「軍艦」にかかった「費」用や「生命」を落とした「数十人」も数で確認出来るが、「魚腹に葬り去」られた乗組員たちの「愛国心」の「価」は、数値化して測ることが出来ないと述べている。

一二月一日の『時事新報』の記事では、千島艦の「海軍士官」たちが優秀な「航海術に長じたる」者たちであったことが強調されていた。この指摘により衝突事故の責任は、むしろラヴェンナ側にあったのではないかということが、新聞の読者には喚起される。こうして子規の「評」が、日本の海軍の中で最も優秀な「航海術」を身につけ、七十二万円あまりの国家予算によって建造された大切な軍艦を、無事フランスから横浜まで回航させようとした「海軍士官」たちに焦点を合わせていることが明確になるのである。そしてこの「評」と「ものゝふの河豚に喰はるゝ哀しさよ」という俳句が呼応することにもなる。

「評」の中の「魚腹に葬り」は、『楚辞』を典拠とする「水死」の慣用句であるが、「俳句」の中の「河豚に喰はるゝ」という表現によって、季語「河豚」が冬を明示しつつ、「河豚」の読み「フグ」から、「不虞」を掛け詞（ことば）的に連想させ、まったく思いがけない出来事や不慮の事件という意味を重ねていく。

読者に共有されている新聞の報道記事を「時事」の参照前提とし、「評」と「俳句」との相互関係の中で情報を組み合わせ、複数の意味作用を生成する言葉の仕掛けを創り出すことによって、子規は日本の「短篇韻文」の「叙情」と「叙景」にとどまる限界を突破し、「短篇韻文」による「叙事」の可能性を確実に切り拓(ひら)いていったのである。

読者と応答する『俳句時事評』

『俳句時事評』というジャンルは、読者が主体的にテクストの意味作用を相互応答的に完成させる実践に参加してこそ成立する。ここに「短篇韻文」の限界突破をめぐる、子規のもう一つの戦略がある。先の『我邦に短篇韻文の起りし所以を論ず』において子規は、「短歌三十一字を以て作り得べきだけの錯列(パーミユテーシヨン)法を算するとも其の総数猶筆舌に上り得らるゝ程」なのだから、「十七字を限れる短篇」としての「俳句」の「運命は一日々々より短縮しつゝある」と危機意識を表明していた。

つまり順列組み合わせの計算で、「三十一字」や「十七字」の日本語の組み合わせの数は算出出来てしまうのであり、数量的に限界があると子規は認識していたのである。しかし一人ひとりの読者が、それぞれ異なる解釈を行う参照項や解釈枠組を、読む行為の中に持ち込めば、『俳句時事評』の「俳句」の意味は、一気に多元化し複雑化する。すでに古くなった「俳句」を、新しい「時事」との結合によって、まったく異なった意味を担わせて再構築することさえ可能になるのだ。

一二月一九日付の『日本』に掲載された『笑話十句』という『俳句時事評』。一から十まで番号をふって、簡潔な「評」によって「時事」的事件を想起させ、それに「俳句」を付すという表現形式である。その八番目は次のようになっている。

八、イトウの当り年なり
　　をなじ名のあるじ手代や夷子講（えびすこう）

「当り年」とは、農作物や果物、あるいは魚の収穫が多い年のこと、転じてよいことが多く幸運な年のことである。そう考えれば、「イトウ」は北海道や樺太（からふと）に生息するサケ科の魚「伊当（伊富）」を指すことになるが、「俳句」の方に「をなじ名」とあるので「伊藤」

ないしは「伊東」という日本人の姓を連想することも出来る。

「夷子講」は、秋の季語。旧暦の一〇月二〇日に、商家で商売繁盛を祈る恵比須神の祭のことを指し、新暦では一一月下旬にあたる。ここに思い至ると読者は、第四回帝国議会直前の一一月二七日に起こった一つの事件を想起する。内閣総理大臣伊藤博文の人力車が、「小松若宮妃殿下の召され」た「馬車」に「衝突」しそうになった事件である。伊藤は頭部を強打し負傷、第四回帝国議会の途中まで内務大臣の井上馨が総理大臣臨時代理を務めるという、異例の事態となったのだ。

この場合「当り年」の「当り」を、「人力車」が「馬車」に衝突しそうになったという「アタリ」に掛けているわけだが、「当り年」という言葉は、よいことがあった年に用いるのであるとすれば、また別の「時事」を読者は想起出来る。事件の三ケ月前、辞職した松方正義に代って、八月八日第二次伊藤内閣が成立したことは、負傷した伊藤博文にとってはよいことであった。その際、総理大臣と別字で「をなじ名」の、枢密院書記官長であった伊東巳代治が、内閣書記官長を務めることになったのである。

伊藤博文と伊東巳代治の二人の「イトウ」が想起されれば、「をなじ名のあるじ手代」

の謎は解けるので、読者はようやく解釈の運動を止めることが出来る。九文字の「評」と、十七文字の「俳句」で、その十倍くらいの字数を用いないと記述出来ない「時事」を想起させることが可能になっている。読者が新聞記事で読んだ「時事」をめぐる記憶を刺激し、連続的な言葉の転義によって、「短篇韻文」による「叙事」を可能にする、新聞という新しいメディアの特性と密着した俳句ジャーナリズムを、子規は開発したのである。

芭蕉の表現の理論的分析

一八九三（明治二六）年七月一〇日、漱石は帝国大学文科大学を卒業し、帝国大学大学院に入学する。その九日後、子規は地方の俳諧師を訪ねるために福島から宮城、そして山形と秋田をまわる、松尾芭蕉の『奥の細道』を辿るような旅に出る。そして出発して三日目の、七月二一日付の郡山からの河東碧梧桐（一八七三〜一九三七）宛の手紙で、子規は次のように嘆いていた。

……前途茫々最早宗匠訪問をやめんかとも存候程に御座候　俳諧の話しても到底聞き分

ける事も出来ぬ故つまり何の話もなくありふれた新聞咄（ばなし）どこにても同じ事らしく其癖小生の年若きを見て大に軽蔑しある人は是非幹雄門へはいれと申候……

「俳諧の話」も通じないので、ありふれた世間話をするしかない。それだけではなく子規が若いのをみくびって、有名な宗匠への弟子入りを勧める者さえおり、すでに三日目にして地方の宗匠を相手にすることの不毛さを子規は深く感じている。

八月一六日に秋田の大曲（おおまがり）駅旅館から、子規はもうすぐ旅を終えると漱石に葉書を出している。「拝啓寄宿舎の夏季休暇果して如何」と書き始められ、「炎天熱地」に苦しめられているとし、「秋高う象潟（きさかた）晴れて鶴一羽」と「喘（あえ）ぎ〳〵撫（なで）し子の上に倒れけり」という二句を書きつけた。

この年の一一月一三日から、子規は『芭蕉雑談』を新聞『日本』に連載し始める。旧派の俳人たちが「一文学者として芭蕉を観るに非ずして一宗の開祖として芭蕉を敬ふ」現状、つまり文学ではなく宗教のように芭蕉を崇拝している在り方を批判した。

子規が選択した批判の方法は、芭蕉の俳句の、文学としての独自性を明らかにすることであった。子規はまず、「二千余首」の「芭蕉の俳句は過半悪句駄句を以て埋められ上乗と称すべき者は其何十分の一たる少数に過ぎず」という「一断案」を下す。

そして「上乗と称すべき者」が文学的にすぐれている理由として、「芭蕉の文学は古を摸倣せしにあらずして自ら発明せしなり」、「蕉風の俳諧を創開せり」、つまりそれまでの俳諧の延長線上ではなく、まったく新しい表現方法を「発明」し、それが「蕉風」と呼ばれる「俳諧」の在り方の「創開」だった、という解釈を提示する。「古池や蛙飛びこむ水の音」という、あまりに有名な句の中に芭蕉の「発明」と「創開」がある、というのが子規の主張である。

子規は、この句についての解釈を提示する。

芭蕉が深川の草庵（そうあん）で一人静かに世に流行している俳諧のことを考えている、という状況設定。連歌が「陳腐」になったので「貞徳俳諧」が興り、さらに「檀林（だんりん）」俳諧がそれに新しい「意匠」を加えたが、それも古くなった。その中で「漢語を雑（まじ）へ」る方法が取り入れられ、自分の「門弟等」も「盛んに之（これ）を唱道」しているが、こうした「漢語を雑へ」て「奇」を衒（てら）うやり方について、「厭（いと）ふ」ようになってしまった。このように、従来の俳句の表現方法全体を拒絶するような状態に入ってしまった芭蕉の胸中を、子規は「臆測」するのである。

そして、まったく新しい表現方法が、芭蕉において「発明」「創開」される瞬間を、子規は次のように描き出している。

……何がな一体を創めて我心を安うせんと思ふに第一に彼佶屈聱牙なる漢語を減じて成るべくやさしき国語を用うべきなり。而して其国語は響き長くして意味少き故に十七字中に十分我所思を現はさんとせば為し得るだけ無用の言語と無用の事物とを省略せざるべからず。さて箇様にして作り得る句は如何なるべきかなとつくぐ〳〵思ひめぐらせる程に脳中濛々大霧の起りたらんが如き心地に芭蕉は只惘然として坐りたるまゝ眠るにもあらず覚むるにもあらず。万籟寂として妄想全く断ゆる其瞬間窓外の古池に躍蛙の音あり。自らつぶやくともなく人の語るともなく「蛙飛びこむ水の音」といふ一句は芭蕉の耳に響きたり。芭蕉は始めて夢の醒めたるが如く暫らく考へに傾けし首をもたけ上る時覚えず破顔微笑を漏らしぬ。

何度読んでも鳥肌が立つような言語感覚であり、その感覚は確かな言語哲学を内在させている。子規が想像する芭蕉は、まず「漢語」を用いることをなるべく減らして、やさしい「国語」を使うべきだと考えている。しかし、その「国語」は十七文字の俳句には向いていない。なぜならいくつもの音をつらねても、それによって表象出来る意味はきわめて少ないからだ。「国語」で自分の思うところを表現しようとすると、必要のない「言語」や「事物」を徹底してみな「省略」しなければならない。「無用」ではない「言語」と「事物」だけで「作り得る句」は、どのようなものかを考えていると、芭蕉の「脳中」は、「大霧」が渦巻き、「眠る」のでも「覚」めているのでもないような、無意識と意識の間での宙吊り状態になってしまった、と子規は言う。

これは理論的に考えても確かにそうなるだろう。言語的思考を遂行している意識において、徹底して「無用の言語と無用の事物とを省略」していけば、本当に確信をもってこれが自分にとって必要だということが思い浮かばなければ、自分の記憶に蓄積されたあらゆる「言語」と「事物」との関係が全て消去されてしまうわけだから、私たちが通常考えている自己の内面なるものをことごとく失ってしまったことになる。つまりこの瞬間、これまで言葉を操る生物として蓄積してきた、「言語」と「事物」を結びつけてきた経験の総体を、手放してしまったことになるのである。

哲学的表現論への深化

この「脳中」の操作を限界まで推し進めれば、「眠」っているのか「覚」めているのか区別のつかない状態になることは明らかだ。自らの内側の世界に集中し、「脳中」で余計な経験の記憶を全てそぎ落としてしまった瞬間、静寂が訪れる。

内側の全ての「言語」と「事物」を消去した芭蕉の耳に、外側の世界で「蛙」の「古池」に「躍」び込んだ音が聞こえてくる。それとほぼ同時に、しかしわずかな遅れをもって「脳中」という内側からではなく外側から、「蛙飛びこむ水の音」という「言語」が、「芭蕉の耳に響」いてきたのだ。だから、その「言語」は、「自らつぶや」いたものでもなく、「人の語る」ものでもなく、同時に「自らつぶや」き「人の語る」、自己と他者の間に生成した「言語」でもあったのだ。人間の内と外の境界線上の「事物」と「言語」に、ずれを孕（はら）んだ同時性において、芭蕉はこの表現に出会った、と子規は論じているのである。

すなわち「古池の句は実に其ありの儘を詠ぜり、否ありのまゝが句となりたるならん」、「古池の句は単に聴官より感し来れる知覚神経の報告に過ぎすして其間毫（ごう）も自家の主観的思想、形体的運動を雑へざるのみならず而も此（この）知覚の作用は一瞬時一刹那に止まりしを以て此句は殆（ほと）んど空間の延長をも時間の継続をも有せざるなり」と、子規の分析は身体論的かつ哲学的に先鋭化していく。「ありのまゝ」の「知覚神経の報告」を、受け入れることによって、それまでとはまったく異なった言語的表現を生み出すことが可能になるのだ。「響き長くして意味少き」はずであった「国語」であるにもかかわらず、「聴官」による「知覚神経」の刺激に対し、一切の「主観的思想」や「形体的運動」を排した表現を与えることによって「ありのまゝ」をとらえることが出来たのだ。

　芭蕉の最も有名な句における表現の達成を分析し切ったことによって、子規の俳句革新の理論的方向性が定められていったのである。

一八九四（明治二七）年二月一日、子規は陸羯南の東隣に転居し、一一日に創刊された『日本』の姉妹紙である絵入新聞『小日本』の編集主任となる。しかし『小日本』はこの年の七月、創刊から半年もしないうちに廃刊。子規は『日本』の編集に戻る。一方、子規が『小日本』の編集主任になったのと同じ頃に、漱石は風邪をこじらせ、血痰が出てしまう。一時は結核発病かと心配もしたらしい。三月に入ってから医者の診察を改めて受け、安心したことを、漱石は三月一二日付の子規宛の手紙で書いている。

「目下は新聞事業にて定めし御多忙の事」と、子規の編集主任としての仕事をねぎらったうえで、「過日は小生病気につき色々御配慮」を子規からしてもらったことに感謝を表明している。そして「小生も始め医者より肺病と承り候節は少しは閉口仕候へども」と、動揺したことを告白していたのでもあった。

これに応答するように、四月二〇日、『小日本』に「烏帽子着て渡る禰宜あり春の川」という漱石の俳句が、初めて掲載されたのである。

「響き長くして意味少き」「国語」をあえて使いながら、その中でも最も短い、五七五の十七文字しか使わない俳句で、どのような文学表現が可能になるのか。「文学」としての

「俳句」がどのようにあるべきなのかを、それまでの二項対立的認識を組み替えながら子規が論理化しようとしたのが、この年の七月から『日本』に連載を始めた『文学漫言』である。

> 曰く先づ改良の第一着として和歌俳句の調和を謀らざるべからず。其調和を謀るには先づ和歌の言語に俳句の意匠を用ゐるを以て第一とす。和歌の言語とは単に雅言を用ゐ古文法を用うるの謂に非ず。俳句の意匠とは固より俗情を穿つの謂に非ず。一言にして之れを云はゞ三十一文字の高尚なる俳句を作り出ださんとするに在るなり。

先に子規が主張していた「短篇」文学としての「和歌俳句」を「国粋」とし、その「調和を謀る」こと。その方法は「和歌の言語」に「俳句の意匠」を用いることだと子規は『文学漫言』の結論として主張している。

　この「和歌俳句」こそ「国粋」であるという主張の前提には、二項対立的布置によって「文学の種類」を論じた「内国と外国」における、地政学的な短詩型文学論の論理的前提がある。

子規は、まず「西洋」と「東洋」を対比し、「東洋」と言っても一元的ではないとして、「支那文学」と「本邦文学」を対比的に論じていく。「本邦文学」は、常に「外国の刺撃を受け外国文学の幾分を輸入し」たことによって大きく「変動」しており、「一概に」「本邦文学」と規定するわけにもいかないとしながらも、「支那文学」と「本邦文学」における四つの違いを抽出している。

> 第一彼は簡潔を尚(たっと)び我は紆余(うよ)を尚ぶ。第二彼は雄渾(ゆうこん)壮大に長じ我は優美繊柔に長ず。第三彼には言語多く我には言語少し。第四彼には長篇多く我には短篇多し。

第一の違いは、表意文字としての漢字を使用する「支那語」と、芭蕉論において子規が意識化していた「響き長くして意味少き」「国語」との違い。この二項対立的枠組で考えるなら、中国文学は短くなり、日本文学が長くなるはずなのだが、子規は「第四」の違いとして中国文学には「長篇」が「多く」、日本文学には「短篇」が「多」いとしている。

それはなぜなのか。その理由は、「第二」「第三」の違いによって説明されている。「第三の理由」はわかりやすい。「言語」の数において「支那語」は「殆んど窮りなし」だが、「固有の邦語」は「指を屈して」「数」えるほどしかない。

単純ではないのが、「第二」の理由だ。ここに子規の文学的地政学があらわれている。中国文学が「雄渾壮大」なのは、「言語」だけではなく「天然の国土風光」の在り方に規定されていると子規は主張する。すなわち、「支那」の国土のはばと広さは「数千里に度る」「大国」であり、「大河あり大山あり大廈あり大都あり」と、全て「壮大」である。

それに対し日本の場合は「山水秀媚」で、「数百里の小国」であり、「山美なり海美なり家美なり街美なり」という「国土風光」だからこそ、文学も「優美繊柔」になる、と子規は強調する。「美」によって貫かれた「国土風光」を持つ「小国」にふさわしいのは、「短篇」の「韻文」としての「和歌」と「俳句」であり、この二つのジャンルの「調和」をはかりながら改革していくことこそが、「国粋を発揮」していくことになる、と子規は言う。この「小国」の文学論が、『文学漫言』の結論を導いていく。

しかし、子規が『文学漫言』を新聞『日本』に連載し始めた一八九四年七月には、「小国」であるべきはずの日本が、「大国」である「支那」に戦争をしかけ、日清戦争が始まっていた。結果として子規は、自らが一度構想した短歌と俳句を中心とした短詩型文学の改革の理論的前提を、国家が遂行する戦争によって崩されたのである。

第三章　従軍体験と俳句の「写実」

従軍と喀血（かっけつ）、古白の自殺

一八九五（明治二八）年三月三日、医者や日本新聞社の同僚の反対を押し切って、子規は日清戦争の従軍記者となるべく、東京を発つ。四月二八日から『日本』で連載が始まった『陣中日記』には、「軍隊に従ひて大砲の声に気力を養ひ異国の山川に草鞋（わらじ）の跡を残さばやと思ひ立ちて三月の三日といふに東京を出で立ちぬ」（『日本』四月二八日）とある。一五日に松山に帰省し、二一日広島で近衛（このえ）師団付として従軍する許可が正式に出た。

しかし「許可を得て未（いま）だ出立たざるに早く已（すで）に休戦の約を結ぶ」という形で、日清戦争は休戦協定を結ぶ段階に入っていた。四月一〇日、海城丸に乗船し、兵士と同じ船室で

「五尺の身を二尺四方に縮めて手荷物の陰に息を殺」すような状況の中で「日本の地を離」れ、四月一三日に大連湾に入り、柳樹屯から金州城などを視察する。

四月一六日の『陣中日記』には、「軍に従ふて未だ戦を見ず空しく昨日の戦況を聞く。雄心勃々禁ずる能はず却つて今後の事を思へば忡々として楽まざる者あり」（『日本』五月九日）と記している。何よりも戦闘の現場を子規は実際に見たかったのであり、それが実現しないことを憂えていたのである。

従軍記者として金州に滞在していた四月二四日、子規は「東京なる碧梧桐」から「一封の手紙」を受け取る。それは子規の従弟である古白藤野潔（一八七一〜一八九五）がピストル自殺をはかり、一二日の午後に死亡したことを知らせる手紙であった。古白は俳人であると同時に、小説や脚本も書いた。その意味で古白は、新しい「文学」を担おうとする子規や漱石の同志でもあった。

子規は『陣中日記』に、「病床の事こま〴〵と書きつゞけたるに一字一句肝つぶれ胸ふたがりて我にもあらぬ心地す」と記している。この四月二四日の日記を含めた四月三〇日までの『陣中日記』が掲載された新聞『日本』の日付が五月一六日。この後しばらく『陣中日記』は休載されてしまう。古白の自殺は子規にとって大きな衝撃だったのだ。
五月一四日、子規は佐渡国丸に乗船して帰国の途に就いた。五月九日に講和条約が結ばれたという報が入ったからである。そして五月一七日、子規は、甲板で突然喀血をする。二七歳のことだった。五月二三日、神戸に上陸すると重態の状態で神戸県立病院に入院するが、一時は危篤状態になり、六月上旬まで危険な容態が続いた。六月中旬から回復し始め、七月二三日に退院する。この日の日付で『日本』に掲載された『陣中日記』の最後の記事には次のように記されていた。

大砲の音も聞かず弾丸の雨にも逢(あ)はず腕に生疵(きず)一つの痛みなくておめ〳〵と帰るを命冥加と言はゞ言へ故郷に還り着きて握りたる剣もまだ手より離さぬに畳の上に倒れて病魔と死生を争ふ事誰一人其(その)愚を笑はぬものやある。

子規の口惜しさが刻まれている。

漱石、子規の俳門に入る

神戸県立病院に入院している子規に、松山中学校の英語教師として赴任していた夏目漱石から、五月二六日付で見舞いの手紙が出されている。子規が従軍記者として戦場へ向かったのとほぼ同じ頃、漱石は教師として子規の故郷松山へと赴いたのであった。

漱石はこの手紙で、まず「首尾よく大連湾より御帰国は奉賀候へども神戸県立病院はちと寒心致候長途の遠征旧患を喚起致候訳にや心元なく存候」と、従軍の労をねぎらいながら病状について心配している。漱石から見ても、無理な従軍が、子規の「旧患」を「喚起」したのだと考えるしかなかったのだろう。

また自分の新しい職場については「教員生徒間の折悪（合）もよろしく好都合」であると、ひとまずは、新しい環境に慣れつつあることを報告している。同時に「東都の一瓢生を捉へて大先生の如く取扱ふ事返す〴〵恐縮の至に御座候」と、帝国大学出身者として、特別な待遇を受けていることにもふれ、「当地にては先生然とせねばならぬ故衣服住居も八十円の月俸に相当せねばならず小生如き丸裸には当分大閉口なり」とぼやいてもいる。

しかし、この子規宛の漱石の手紙で重要なのは、「小子近頃俳門に入らんと存候御閑暇の節は御高示を仰ぎ度候」と漱石が子規へ申し出たことである。つまり漱石は、致命的とも言える病の悪化の中に身を置く子規を宗匠と見立て、その「俳門に入らん」、つまり弟子として入門させてほしいと申し出ているのだ。

自分が作る俳句に対して、宗匠として「御高示」を示してほしい、という提案には、病と闘っている子規にとって、何が心の支えになるかを理解している漱石ならではの配慮と励ましがある。文学を仲立ちとして培われてきた、漱石と子規との関わりの深さが、この一見何気ない申し出の中にあらわれている。漱石は病と共に生き抜いていく方向に子規と一緒に歩み出そうとしている。だからこそこの手紙の中で、弟子入りの申し出の直前に、「古白氏自殺のよし」と藤野古白の自殺について言及し、「惜しき極に候」と子規の衝撃を気遣ってもいたのである。以降、古白藤野潔は、子規と漱石を「自殺」という主題で媒介し続けることになる。

この漱石の呼びかけに応じるかのように、神戸県立病院退院後に移った須磨(すま)保養院を出た子規は、八月二五日に松山に帰省し、二七日に漱石の下宿に移り、毎日のように句会を開く。もちろん漱石もその一員として参加していた。漱石の側から考えると、結核を悪化させて帰国した子規に、弟子入りを宣言し、宗匠を迎えるように、自らの下宿で生活を共にして句会を催すのだから、命がけの俳句修業ということになる。一〇月、東京に戻った子規は、この句会での創作と批評の経験をもとに、自らの俳論を体系化する作業にとりかかるのである。

「写実」の方法的深化

俳論の体系化とは、『俳諧大要』である。一〇月二七日付の三回目までは『養痾(ようあ)雑記　俳諧大要』と題されて、『日本』での連載が始まった。四回目から『俳諧大要』となる。「第一　俳句の標準」から始まり、「俳句は文学の一部なり文学は美術の一部なり」と、俳句を芸術として位置づけ、その芸術における「美の標準」とは何かを問うという論じ方で、体系的な文学論として俳論を構築しようとしていく。

この姿勢は「第二　俳句と他の文学」でさらに明確になる。子規は「俳句と他の文学との区別」は、「音調」にしかないとしている。すなわち、俳句の場合「音調は普通に五音七音五音の三句を以(もっ)て一首と為す」という約束事があるだけで、「俳句と他の文学とは厳密に区別す可らず」というのである。そのうえで「小説」「長篇の韻文」は「複雑せる事物」をとらえるのに適し、「俳句和歌又は短篇の韻文」は「単純なる事物」をとらえるのに適しており、文学のジャンルの「優劣」を問うことに意味はないと子規は断言する。

この立場は「第三　俳句の種類」にも引き継がれていく。すなわち俳句は「意匠」（心）と「言語」（姿）の両側面を持ち、「意匠」は大きく「主観的」か「客観的」か、「天然的」か「人事的」かに区分され、「千種万様」の「意匠」に「適」する「言語」が選ばれるべきではあるが、「各種の区別」において「優劣あるなし」と強調している。

「第四　俳句と四季」においては、俳句における季語の問題を、和歌の季節観との差異において詳細に論じている。「俳句」というジャンルにおいて、「四季の題目」としての季語が特別な位置にあることを、「俳句に用うる四季の題目は俳句に限りたる一種の意味を有すといふも可なり」と説明している。「俳句」というジャンルが、「四季の題目」を中心とした、独自の約束事と価値体系を持つ言葉のシステムである、という認識に子規は達している。

「俳句」というジャンルの言語システムとしての約束事の基本を整理したうえで、『俳諧大要』の議論は、実践的な創作の方法とそのための様々な学習の在り方を提示していくことになる。

「第五　修学第一期」の基本は、「思ふまゝ」を表現すべきである、としている。「半句にても一句にても」まず「ものし置くべし」と子規は言う。まず言葉を書きつけること、そして中途半端な俳句の知識に縛られないことを強調する。とにかく「多くものし多く読むうちにはおのづと標準の確立するに至らん」ということなのだ。そして、この理論を実践するようにして、松尾芭蕉、宝井其角、向井去来、与謝蕪村らの句を五十以上鑑賞してみせるのである。

さらに、創作した「句数」が「五千一万」ぐらいになれば、「多少の学問ある者」であれば「第二期に入り来たらん」と、「第六　修学第二期」の冒頭で述べている。「第二期」では自分の「長ずる所」をより発展させ、「及ばざる所」を克服していくことが重要となり、そのために「古今の句を多く読む」こと、あるいはすぐれた句の「摸倣」をすることも「可なり」と子規は言う。そして「壮大雄渾」「繊細精緻」「雅樸」「婉麗」「幽邃深静」「繁華熱閙」などといった特徴に分け、五十以上の実例を紹介していく。

そのうえで、「俳句」における「写実」の重要性が強調されていく。「写実の目的」で「旅行」をするのであれば、「汽車」に乗って「洋服蝙蝠傘」という出立ちではなく、「草鞋」と「菅笠脚袢」で「心を静め」「歩む」ことが大事だと子規は強調する。また、「名勝旧跡」ではなく、「普通尋常の景色に無数の美」を見出すべきだと主張している。

そして「第七　修学第三期」について子規は、「俳諧の大家たらんと欲する者のみ之に入ることを得べし」と、専門家になる決意を問うている。「文学専門の人」「篤学なる者」「自ら入らんと決心する者」でなければ「第三期」に入ることは出来ない。加えて、和歌をはじめとする日本の文学の全ての領域と、「支那文学」や「欧米文学」に通じ、「文学」だけでなく「美術一般」にも「通暁」していなければならない。それはまた「天下万般の学」に通じていなければならないということでもある。

この年の一二月三一日まで『日本』に連載された『俳諧大要』は、俳句を文学として確立しようとしていた子規の、自らの死を強く意識しての決意表明であった。

新聞『日本』には、俳句の様式を分類した批評文を連載すると同時に、年明けの一八九六（明治二九）年一月一三日から一九日まで、子規は七回にわたって、『従軍紀事』を連載し、従軍記者に対する軍の対応の仕方に対して批判を展開した。「台南生」という筆名で発表した『従軍紀事』は、「軍人は規律の厳粛称呼の整正を以て自ら任ず、而して新聞記者を呼で新聞屋々々々といふ。新聞記者亦唯々として其前に拝伏す。軍人は自ら主人の如く思ひ従軍記者は自ら厄介者の如く感ず」と、自らの従軍体験に基づいた、従軍記者に対する軍の不当な扱いに対する生々しい記録となっている。

たとえば従軍記者団が乗り込んだ海城丸の船中で「一人の曹長」から「牛頭馬頭の鬼どもが餓鬼を叱る」ような調子で、船室内の居場所を縮めろと命令され、「詰める事が出来んやうならこゝを出て行け」と言われたことに対する従軍記者団の反応は、次のように記されている。

余等は親にも主にもかく烈（はげ）しく叱られしことなければ余りのばか〳〵しさと恐ろしさに却つて身動きもせず息を殺してひそみ居りぬ。

船に乗っているのだから出て行く先はないのであり、曹長の言うことは理不尽なのだが、「主人」と「厄介者」という権力的関係性においては、どんな理不尽なことでも受け入れざるをえなくなる。「ばか〳〵しさと恐ろしさ」という異質な二つの感情に二重に抑圧された瞬間、人間が人間として生きることを停止させられてしまうことが、「息を殺してひそみ居りぬ」という表現によって明らかにされている。

従軍記者団は金州に上陸してからも、待遇をめぐって軍との軋轢（あつれき）を繰り返す。子規は同行の「神官僧侶」たちに比べ、自分達の「取扱」が「不公平」だと「管理部長」に直接訴えた。しかし、「管理部長」は「あの人等は教正とか何とか言つて先（ま）づ奏任官のやうなものだ君等は無位無官ぢや無いか無位無官の者なら一兵卒同様に取扱はれても仕方が無い」と言われてしまう。軍の側が従軍記者をどのように見ていたのかが、露骨に突きつけられたのだった。「此時吾は帰国せんと決心せり」と子規は書きつけている。

新聞というメディアが、戦争を遂行している国にとって、きわめて重要な役割を担っていても、その記事を書く新聞記者の社会的な評価はきわめて低いという現実を、「新聞屋」

としての子規は目の当たりにし、心身で感じとったのであった。

大望を抱きて地下に逝く者

三月一七日、歩行の自由を失うまでになっていた腰痛について、リウマチ専門の医師の診断を受け、リウマチではなく結核によって骨質が破壊されるカリエスであることが明らかになり、子規は大きな衝撃を受ける。この診断を受けたときの衝撃を、帰省中の高浜虚子に同日付の手紙で知らせていた。医者から結核性脊髄炎（せきずいえん）という宣告を受けた子規は、自らの生きることの出来る時間が残り少ないことを、はっきりとつきつけられたのである。

医師が帰った後、「十分許（ばか）り何もせず」という状態になるほど衝撃は強く重かった。そして、自分の社会的野心の強さを「余レ程の大望を抱きて地下に逝く者ハあらじ」と明言したうえで、「俳句の上」においては「多少」はその思いを実現しているものの、「余の大望」の「無窮大」に比べれば、「零」でしかないとも述べている。自分の絶望と落胆を子規は虚子に素直に告白している。同時にこの手紙の中で、高浜虚子や河東碧梧桐らがつくった回覧小説集『菜花集』に収められている虚子の『糊細工』という小説を読んで、「一切の事物を忘れてしまふやう」な「笑ひ」によって「慰め」られたと記してもいる。文学的営為の中でこそ子規の生きる力が出て来るのだ。

二七日に佐藤三吉医師の執刀でカリエスの手術を受けるが、治癒するものではなかった。子規の病を心配していた漱石は松山中学校を四月に辞職し、熊本第五高等学校に転任していた。六月九日には中根鏡子と結婚する。六月一〇日付で、子規にその旨を報告している。

中根事去る八日着昨九日結婚略式執行致候近頃俳況如何(いか)に御座候や小生は頓と振はず当夏は東京に行きたけれど未だ判然せず俳書少々当地にて掘り出す積りにて参り候処(ところ)案外にて何もなく失望致候

自分の結婚式のことよりも、子規の「俳況」のことを気にかけているあたりに、漱石の気遣いが見える。子規は祝句として、「蓁々(しんしん)たる桃の若葉や君娶(めと)る」を贈っていた。

子規は、俳句に専念することで自らの肉体的かつ精神的危機と対峙(たいじ)しようとしていた。

その子規の思いを担いながら、虚子や碧梧桐らは、子規の主張する新しい俳句の実践を行っていく。明治二九（一八九六）年は、近代俳句にとっての大きな転機となった。

高浜虚子は、「明治二十九年という年は居士によって唱道せられたいわゆる新俳句が非常の力を以て文壇の勢力となった年であった」（『子規居士と余』日月社、一九一五）と回想している。

また河東碧梧桐も「明治二十九年以後の子規は、文学上の社会人として多くの人の耳目に新たなるものがある」（『子規を語る』汎文社、一九三四）と、やはりこの年に俳句界と子規に同時に転機が訪れたと指摘している。

なぜ「明治二十九年」が転機になったのか。ほかでもない虚子と碧梧桐、二人の弟子が、「新俳句」の明確な方向性を打ち出す仕事をし、それらを子規が批評したからである。

写生的絵画のような句

一八九七（明治三〇）年一月から『日本』で連載を開始した『明治二十九年の俳句界』で、子規は、「昨年の俳句界に於（おい）て今迄（まで）曾（かつ）て有らざるの変化」があったと宣言する。そして、その「新調」とは、「就中虚子碧梧桐二人の句に於て其特色の殊に著きを見る」と、二人の弟子の俳句の特質を分析していく。

まず「碧梧桐の特色」は「極めて印象の明瞭なる句を作るに在り」とし、「印象明瞭」とは読者が「眼前に実物実景を観るが如く感ぜしむる」ことであり、「恰も写生的絵画の小幅を見ると略々同じ」であると子規は位置づける。つまり言葉によって視覚的像が「明瞭」に形成されるとしているのである。そして「十七八字の俳句」において、「印象明瞭」を実現するためには、「詠ずる事物は純客観」でなければならず、その中の「小景」を選んでいるところに碧梧桐の特質を子規は見てとろうとした。

「赤い椿白い椿と落ちにけり」という句について、子規は次のように分析する。

「地上に落ちたる白花の一団と赤花の一団」が眼に見える。その視覚的印象だけが、「小幅の油画」のように示されている。椿の花が咲いていた樹がどのようであったか、その椿の樹々が立っていたのは「庭園なるか山路なるか」、そのような情報は一切示されていないが不満ではない。俳句の絵画性と写生の重要性を、子規は眼の前に「実物実景を観るが如く感ぜしむる」、「紅白二団の花を眼前に観るが如く感ずる」という表現を繰り返し使って強調している。

碧梧桐の句において「赤い椿白い椿」は視覚的像を想像的に喚起する。しかし、この言葉だけであれば、子規の言うところの「地上に落ちたる白花の一団と赤花の一団を並べて画」いた視覚的像までは浮かんでこない。なぜ「一団」という複数性を、読者は想像することになるのだろうか。その複数性は「と落ちにけり」によって創り出されている。「と」という助詞によって、赤と白との椿の花が、入れ替り立ち替り連続的に「落ち」、「に」によって「落ち」るという運動が、自然に推移してすでに完了し、かつ「けり」によって、過去に何度か繰り返された、「椿」が「落ち」るという運動の帰結を、今において想い起こしながら「椿」の複数性を認識する、という表現になっているからである。

「赤い椿白い椿」だけであれば、一輪ずつということになってしまうかもしれない。しかし「と落ちにけり」と受けることによって、一句を読み切った後で、事後的に「赤い椿」と「白い椿」が複数形、つまり「一団」であることが、読者には想像されるのだ。

表現と応答する読者

子規が発見したのは、言語表現に基づく、複数の意味作用の回路を同時に作動させることによって生み出される「観るが如く感ぜしむる」読者の意識と知覚への、言葉による働きかけの効果であった。

ここに「観るが如く感ぜし」める俳句の言語表現の作者碧梧桐と、その言語表現を媒介にして「観るが如く感」ずることに「満足する」、読者子規との、応答的な関係における「新調」が成立することになるのだ。

「かんてらや井戸端を照す星月夜」という句については、「星月夜の大観に反映せしめながら猶ほ一人かんてらを執つて井戸端に立つ処四囲暗黒の中に在りて井戸の片側と人の半面とが火に映じて極めて明瞭なる印象を生ずるを見る」と評している。

読者としての子規は、「照す」という一句の中の述語に注意を払った解釈をしている。第一の主語は、自然な言葉の連なりの中での「星月夜」であり、「夜」の闇を「照」らしているのは、「星」と「月」であると読者は認知する。この読者としての視覚的認知の位置は、この句の空間内部の人間とほぼ重なっている。その位置から「観るが如く感」じたのが「星月夜の大観」であり、そのような認知から冒頭の「かんてらや」に戻ると、それが携帯用の照明器具である以上、持っている人間がそこに居なければならない。そこで「一人かんてらを執つて井戸端に立つ」という、「観るが如く感」じられる場面内人物が登場することになるのだ。

おそらくその人物は、「井戸端」に行くにあたって、「四囲暗黒」であるために、「かんてら」に火をともして、家を出たのであろう。そして携帯用の小さな灯であるために「井戸の片側」しか「照す」ことの出来ない、足元を「照す」「かんてら」の明かりに導かれて、水を汲（く）もうと井戸の中を覗（のぞ）き込んだとき、井戸の中の水面に映じた「星」と「月」を認め、空を見上げ、暗夜だとばかり思っていた今日の夜が「星月夜」だと気づき、一気に「大観に反映せし」むる状況を自覚した、と子規は解釈している。下を向いた状態から上を見るという動きを想像しないと、子規の言う「井戸の片側と人の半面とが火に映じて」という、きわめて限定的な視覚的映像を喚起する状況を想定することは困難である。

この段階で読者としての子規の位置は、この句の空間内部の人物とは一定の距離をとった、つまり「井戸の片側と人の半面とが火に映じて」いるところを眺めることの出来る、場面内観察者の位置、というところに設定されている。読者としての子規の、俳句の言葉に導かれた、俳句空間の中での知覚感覚的認知位置の移動と転換こそが、このダイナミックな句の解釈を生み出しているのである。

俳句空間内部の知覚感覚的認知位置が、はたして「実物実景」の「写生的絵画」表現として成立するのか否かの境界線にあるのが「白足袋にいと薄き紺のゆかりかな」という碧梧桐の句に対する、子規の解釈である。「白足袋の句に至りては瑣事中の瑣事、小景中の小景にして画も写すこと能はず俳句も亦今迄斯ばかりの小事を詠じたる事無し」と子規自身が述べているように、この句によって言語的に表象された世界を、絵画的に表現することは不可能だ。

画面に「白足袋」を描き（これも実際に足にはかれている状態を描くのか、それとも脱いだ後の足袋だけを描くのかは、この句からは決して選択することは出来ない）、そこに「薄き紺」の点を付けたからといって、その「薄き紺」が、赤紫蘇の葉を乾燥させて粉末にした「ゆかり」で、その粉の何粒かだということを認知することは、到底出来ない。あくまでも「ゆかり」という言葉によって表現されているからこそ、認識出来るのだ。ここにあげられた、碧梧桐の八つの句のうち、検証したのは三句についてだけだが、子規の批評の基本姿勢が、あくまで言語表現によって「観るが如く感」じさせ、かつ「観るが如く感」じることの出来る、すなわち言語によって再構成された、視覚を中心とした、再現的な知覚感覚的認知経験の喚起を評価していることは明らかである。

「印象の明瞭なる句」の「印象」とは、単なる視覚を中心とした知覚感覚的認知の結果ではなく、言語によって再構成された、俳句に内在する知覚感覚的認知経験のことなのである。碧梧桐を論じた最後の部分において、子規は「他の（長篇の）文学よりも寧ろ絵画に近き俳句は殊に形体の美に注意せざる可からざる」ために、「碧梧桐が印象明瞭の句を為すは俳句の上の一進歩として見るべきなり」と結論づけている。

時間的俳句の可能性

次に子規は「明治二十九年の特色として見るべきもの」として、「虚子の時間的俳句」について論じていく。まず「しぐれんとして日晴れ庭に鵙来鳴く」と「窓の灯にしたひよりつ払ふ下駄の雪」という二句をあげ、「現在の時間の接続する」「客観的時間」をとらえた句であると位置づける。そして向井去来、松尾芭蕉、与謝蕪村などの「古来」の「例」と比較しながら、この句の独自の時間性を明らかにしていく。

去来の「上り帆の淡路はなれぬ汐干かな」については、それなりに長い現在時としての「客観的時間」をとらえながらも、「空間の変動」としての「活動」がないと批判する。芭蕉の「名月や池をめぐりてよもすがら」は、「時間長く」「客観的時間を現し」、「空間の変動」もあるが、「緩漫」で「終始単調」だと指摘する。蕪村の「をちこち〳〵と打つ砧かな」については、「活動」はあるが、「単調の変動」に過ぎないと子規は言う。

こうした「古句に比して」、「虚子の客観的時間を現したる句は」「遥に複雑なる変動を現し」ているというのが、子規が先の二句を「時間に於ける一種の特色を成し」ていると評価する理由である。評価の要は「複雑なる変動」にある。

「しぐれんとして日晴れ庭に鵙来鳴く」の句に子規の批評規準を適用すると、次のように分析出来る。晩秋の空模様が、今にも雨が降って来るかのように一気に暗くなって来たにもかかわらず、突然雨雲に裂け目が出来、晴れ間から太陽の光が庭を照らしたとき、自分のなわばりを張っていることを宣言する鵙の高鳴きが聞こえたという虚子の句には、まず空模様の暗から明への、しかも一度止んだ「時雨」がまた降って来るだろうという、表現主体の予想を裏切る視覚的急転換がある。そして、その視覚的「変動」に接続する形で、それまでの静けさを切り裂く鵙の高鳴きという、聴覚的な転換が重ね合わされている。北で繁殖した鵙が、越冬のため南へ渡って来て、生活区域を主張するという季節の転換も含めて、「複雑なる変動を現し」ているのである。

「窓の灯にしたひよりつ払ふ下駄の雪」の句の場合、「よりつ払ふ」という、「つ」で接続された二つのまったく異なる述語の対比を軸に、「複雑なる変動」が組み立てられている。前半の「窓の灯にしたひより」までは、夜の闇の中で向こうに見える「窓の灯」にそこに人が居ることへの慕わしさを感じて引きつけられ、その「窓の灯」を目標にして歩いていく者の側に視点が置かれている。

後半は「窓」のそば、すなわち軒下に到着したか、「窓」のある家の中へ入るためか、それまでの歩みを止め「下駄」についてしまった「雪」を「払ふ」のである。句の最後になって、このとき雪が降り積もっていたことが初めて明らかになる。

完了の助動詞「つ」によって並列させられた、「より」と「払ふ」という二つの述語の対比によって、暗から明という視覚的「変動」をはじめ、動から静、寒から暖、緊張から弛緩（しかん）への「変動」が同時に読者に伝えられているのだから、子規の言うとおり、この句は「複雑なる変動を現し」ているということになる。

「現在」を表現する「客観的時間」に対して、「過去又は未来の時間を以て現在と連接せしむる」方法を、子規は「主観的時間」だと規定する。その「主観的時間」をとらえた虚子の句として、「盗んだる案山子（かかし）の笠に雨急なり」は「過去」を、「住まばやと思ふ廃寺に月を見つ」は「未来の時間」を「主観的時間」として表現しているとして、虚子の「時間的俳句」の独自性について子規は、まず前者を次のように分析している。

……現在の事よりしては読者が想像し得ざる程の無関係なる事（天然的に無関係なるを言ふ）を挙げ来りて（偶然的なる）特種の関係を附けたるなり。雨中に笠着たる人を見て誰か其笠を案山子の笠なりと想像せんや、而（しか）して虚子はこゝに此（この）特別の場合を取り来りしなり。

この分析の方法にも、「読者」であるところの子規の、言葉をめぐる独自の位置が刻まれている。「雨中」すなわち雨が降っている現在時において、「笠」を「着」けて歩いている人を見て、いったい誰が「其笠を案山子の笠」だと「想像」するだろうか、通常の人であれば、そんなことは決して「想像」しないだろうと「読者」である子規は驚いてみせる。しかし子規の驚き自体が、この虚子の句に対する、「読者」としての独自な読みに支えられていることが見えてくる。

つまりこの虚子の句を読む「読者」としての子規の位置が、複数に分裂させられているということになる。この句の中の、「笠」を着けている人物と、急に雨が降って来た中で「笠着たる人を見て」いるもう一人の人物との間の分裂である。

雲行きがあやしくなり、ポツポツと雨が降って来て、急に強くなって来たので、道端の田の中の「案山子」の「笠」を「盗ん」で被った、と「笠」を着けている人物の立場からの時間の推移で考えれば、別に子規が強調するほど「特別」なことではない。

しかし、主体を分裂させて、現在時において「笠着たる人を見」る人が、その「笠」を

「案山子の笠」だと思うだろうかと、「読者」である子規から問われれば、普通そのような「想像」はしないはずだ、と納得せざるをえなくなる。

こうした、主体の分裂が生じるのは「笠に雨急なり」の助詞「に」の解釈の仕方と「雨急なり」の助動詞「なり」の解釈の複数性による。この状況を、「笠」を自ら被っている人が内側から体験しているのか、それとも外側から観察している他者の意識なのかという、表現主体の世界内での位置取りの違いで意味が異なってしまうのである。「読者」である子規は、この句の表現主体としての虚子は、笠を被った人を外側から観察し、今までずっと晴れていたのに急に雨が降って来たのだから、「笠」を準備していなかった人が、途中で「案山子の笠」を盗んだのに違いないと「虚子はこゝに此特別の場合を取り来りしなり」と評価しているのである。

「笠」の句が「過去」だとすると、「廃寺」の句は「未来」についての「主観的時間」の表現だと子規は言う。この句についても表現主体は外側に位置していると「読者」である子規は読みとっている。「廃寺の月を見る人をして誰か此人が此寺の未来の住持なるべきを想はん、而して虚子は此特別の場合を取り来りしなり」と主張するのである。

つまり「廃寺に月を見つ」だけであれば普通の句であるが、その前に「住まばやと思ふ」が接続されているから、この「廃寺」にこれから「住」むことになる人、すなわち「住持」の意識だということになると、子規は読み込んでいるのである。「読者」としての子規は、自らの批評によって、その批評の「読者」を、新たな注意力を持った新しい俳句の「読者」へと転換させていくのであった。

子規は、空間的表現に適した短詩型文学としての俳句において、「時間的の俳句を作る」ことに高浜虚子が挑戦したのは「難中の難を為したる」ことだと高く評価する。虚子の「時間的の俳句」を評価する過程の中で、子規はまた、「蕪村の句」を再発見していくことになる。

「新調」に対する批評的実践

俳句における新しい表現方法の理論的発見は、同時に過去の句における可能性の再発見をも促しながら、俳句というジャンル全体を活性化していくのである。ここに俳句批評家子規の担った重要な役割があった。

続けて子規は、「虚子碧梧桐」の俳句に対して「世人」が「異様に感ずる」「句法」と「用語」について、次のようにその特質を整理する。「第一　五七五の調を破りたること」「第二　十七字以上の句を作ること」「第三　漢語を用ゐ又は漢文直訳の句法を用うること（洋語を用うることもあり）」「第四　助辞少くして名詞形容詞多きこと」。

こうした従来の俳句の「句法」や「用語」と「虚子碧梧桐」が異なってくる理由について、子規はまず、「古来ありふれたる五七五調に飽きて新調を得んと欲した」からだと主張する。それまでの多くの「月並宗匠連」が「尊崇」してきた「古例」に従うだけではなく、「古人未開の地」を開いて「自己の詩想を花咲かせ」ようとしたからこそ、二人は「新調」を編み出したのである。

しかし、ただ「新調」であればいいというのではない。それは句の内容と深く結びついている新しさなのだ。「虚子碧梧桐」の二人は「複雑なる趣向を詠ぜんとしたる」から「新調」を選んだのである。

「複雑」なことがらを表現しようとすると、文字数が多くなる。文字数が多くなれば五七五の枠は当然破られてしまい、「十七字以上」になってしまう。少ない文字数で「複雑」

な内容を表現しようとすれば、当然漢字熟語をはじめとする「漢語」や「漢文直訳の句法」を使用することになる。「助辞少く」なり「名詞形容詞」が「多」くなるのも、「複雑なる趣向を詠」むためには必然的なのだ。

また、「漢語」を用い「名詞形容詞」を多くするという句法は、俳句にとって重要な「印象を明瞭ならしめんとしたる」効果を発揮するばかりではない。明治という新しい時代の「新事物を詠ぜんと」するためには、西洋の文物を「漢文直訳」した概念を用いなければならないだろうし、時には「洋語を用うること」も必要になる。

こうした「虚子碧梧桐」の「新調」に対する子規の批評的実践は、わずか十七文字の俳句表現を、一語一文字の使い方にまで意識的になって解読していく、読者自身の動的な解釈の可能性を切り拓(ひら)いていく方向を指し示したのである。

第四章　『歌よみに与ふる書』と「デモクラティック」な言説空間

討議的な言説空間の創出

子規は一八九七（明治三〇年）年三月七日の『明治二十九年の俳句界』で、「明治二十八年始めて俳句を作」った漱石の句を激賞した。まず第一に「其(その)意匠極めて斬新なる者、奇想天外より来りし者多し」と。その例として「紡績の笛が鳴るなり冬の雨」、「挨拶や髷(まげ)の中より出る霰(あられ)」など十二句があげられている。第二に「滑稽思想を有す」として「長けれど何の糸瓜(へちま)とさがりけり」など四句、第三に「漢語を用ゐ、或(あるい)は俗語を用ゐ、或は奇なる言ひまはしを為す」として「明月や丸きは僧の影法師」など四句、そして第四に「雄健なるものは何処迄(どこまで)も雄健に真面目(まじめ)なるものは何処迄も真面目なり」として、「短夜の芭蕉は伸びてしまひけり」、「凩や海に夕日を吹き落す」、「酒なくて詩なくて月の静かさよ」など十八句を例示している。

日清戦争に「従軍」し、帰国時に病を一気に悪化させ、なんとか一命をとりとめた子規を、漱石は先に述べたように一八九五（明治二八）年八月二七日、松山の自分の下宿に受け入れ、その後、毎日のように句会を開いている。漱石との関わりの中で、俳句表現を生命力としていく子規の一生の、一つの形がつくられたと言っても過言ではない。

この年の秋の同居の日々において、きわめて特異な言葉の交わし合いの関係が漱石と子規の間で確立した。漱石が句稿を子規に渡し、子規がそれを添削するという、句作における師弟関係である。九月二三日の三十二句から始まり、一〇月中には八十八句の句稿が漱石から子規に手渡された。子規が最も得意とする俳句の表現をとおして、つまり言葉と精神の側から、病に負けそうになっている子規の心を励まし、身体の健康をも回復させようとした友人漱石の独自の薬が、句稿と添削という形で処方されたのである。

漱石の句稿に対して、子規は無邪気と思えるほどの素直さで添削をし、評を加えている。差し出された漱石の句稿に俳句の宗匠然として、批判をし、注文を付け、訂正票を出し、

◎や○を付すことで自分の評価を示す作業は、まちがいなく子規の自尊感情を高めていったはずだ。

漱石の句稿と、子規の添削と評の対話的関係に想像力をのばしていくと、俳句結社「松風会」の人たちをはじめとした俳人たちが集い、子規を中心に、漱石の下宿「愚陀仏庵」で開かれた句会の、喧々囂々たる論争と侃々諤々たる言葉の交わし合いの声々が騒めき立ってくるようだ。批判には反論し、すぐれた表現は具体的に評価するような議論を交わし合う場として、子規にとっての句会はあった。その実感をもたらしたのが、漱石とのやり取りだった。言葉でしか生きていけない子規の、社会的存在として生きていく場が句会であったのだ。

同時に、句会をとおして、明治二〇年代の日本においては希有だったはずの、討議的で民主主義的な時間と空間を、子規とその友人たちは生み出していったのである。そして、この句会の民主主義的な討議の時空の延長線上に、病床の子規に対する介護の実践がある。

やや先取り的ではあるが、これからの子規について考えていくうえで、一つの補助線となるのは、大江健三郎氏の次のような認識である。

子規はまたいかなる私小説の作家よりも勇敢にかれの全体を見せている。細部にわたって克明に。その細部の選びかたにおいて、子規はおそるべくデモクラティックだ。

（『子規の根源的主題系（テマティック）』、『子規全集　第十一巻　随筆二』「解説」講談社、一九七五）

この大江氏の「解説」については第八章で詳述するが、本書において使用する「デモクラティック」という用語は、この認識をふまえている。

まず第一に、大江氏の言う「デモクラティック」とは、自分「自身を綜合（そうごう）的、全体的に呈示する」、子規の「独自な態度」のことである。第二に「自分の主体がかれ自身の精神と肉体をもふくめて、あらゆることどもを相対化する、ということ」である。すなわち、言語表現の「主体」としての子規が、自らの「精神」の在り方や「肉体」の在り方をも含めて、全てを「相対化」して言語化するために、世界の「ありとあることどもについてデモクラティックになる」ことが出来ると、大江氏はとらえている。そして第三に、こうした「デモクラティック」な「人間の眼」には「世界」が「全体的、綜合的なかたちをあらわ」し、そうであるがゆえに、「あらゆる他者たちに対して」「全体的、綜合的な姿をいかにも自然にあらわすことができる」と大江氏は把握している。「愚陀仏庵」から子規庵に場所を移した句会が、そうした「デモクラティック」な実践の始まりであったのである。

子規庵で開かれた句会では、参加者一人ひとりが句を作って発表し、他の参加者からの多様な批評にさらされる。一回一回の句会における、句を作り批評をし合い、その批評に基づき一度出来た句を書き直すという、きわめて行為遂行的な言葉の交わし合いの場において、新しい俳句をめぐる文法が生成されていった。だからこそ年初から句会を開いた一八九六(明治二九)年が、新しい俳句の誕生を告げる年になりえたのである。そして、東京根岸の子規庵の句会に、漱石も松山からの投稿者として参加し続けていた。

この年の一月から三月にかけて、漱石は松山から二百二十句以上、熊本第五高等学校に転任してからは、年末までに二百三十句以上の句稿を送っている。師匠である子規の指導どおり、まず数をこなす姿勢を示している。同時に子規の文学活動に注目していることを、句稿を送るかたわら、それとなく漱石は手紙で伝えていた。

「俳句頗る不景気につき差控へ申候其癖種切の有様に御座候」と、句稿を送ることが出来ないと伝える一一月一五日付の手紙では、「日本人は当地にて購読の道を開き候へば御送に及ばず候」と、新聞『日本』と共に子規の主要な発表の場であった雑誌『日本人』も購読していることに言及している。子規は八月から『文学』という題名の時評と、新体詩を『日本人』に掲載していた。

同じ手紙で漱石は、「大兄の新体詩(洪水)拝見致候音頭瀬抔よりも余程よろしくと存候」と新作をほめている。『洪水』は一一月五日号の『日本人』に発表された、二百九十八行の長詩。比較されている「音頭瀬」とは、一ケ月前の一〇月五日号の同じ雑誌に発表した『音頭の瀬戸』という新体詩で、一連五行を十七連続けた八十五行の詩であった。漱石は子規の新体詩の力量がついて来ていることを、明確に伝える評言を選んでいる。

この漱石の気遣いと心くばりを、子規も意識していた。一八九七(明治三〇)年二月一七日の子規の手紙では、「たまくに大兄の事を思ひ出す　それは西洋の詩集を読む時に有之候　詩集かむつかしいのと字書か備はらずに居るとでどうしても分らんことか多い其時ハいつでも大兄か東京なら善からうと思ふ」と言いながら、「新体詩に押韻を初めたところが実にむつかしい」と、新体詩を話題にする。そして「毎夜」の「発熱」を押して大変な苦労をして「一篇」を作り上げたことを報告し、「併し出来て見ると下手でも面白い　病気なんどはどうでもいゝと思ふ」と自らの病と創作の関係に言及していく。

子規にとって表現することは、病と向き合って生き抜くことと一体の実践、生きることそのものであったことがわかる。漱石への手紙には、その思いがぶつけられていく。実は病気は「どうでもいゝといはれぬ」状態なのだ。「腰が又々痛を増した　少し筋肉が腫れた」と病状報告をする。「外科的の刃物三昧に及ばなければならぬ」という覚悟も決めている、と一旦は見得を切ったうえで、「痛いことも痛いことと存候」と本音をはく。そのうえで、改めて、自分にとって表現することの意味を、子規は漱石に伝えようとする。

僕の身はとうから捨てたからだゞ　今日迄生きたのでも不思議に思ふてゐる位だ　併し生きてゝ見れは少しも死にたくはない、死にたくはないけれど到底だめだと思へバ鬼の目に涙の出ることもある、それでも新体詩か何かつくつてゐればたゞうれしい、死ぬるの生きるのといふはひまな時の事也此韻はむつかしいが何かい、韻はあるまいかと手製の韻礎を探つてゐる間に生死も浮世も人間も我もない天下ハ韻ばかりになつてしまつてゐる　ア、有難い此韻字ハ妙だと探りあてた時のうれしさ

「文学」表現を生み出していくことの自分にとっての意味を、これほど素直に子規が言葉にしている例はあまりない。思えばこの手紙は、「忙しいこともいそかしいので」「忙しいことも忙しいので」「いそかしいこともいそかしいので」という同じ言葉の繰り返しを、異なった文字遣いで三回反復することから始められていた。

「ほとんど筆を置くひまかない程いそかしく」していないと、「死ぬるの生きるの」になるからである。俳句だけでは「ひま」が出来る。だから新体詩に挑戦する。それでも「ひま」があるから、「小説とハとんなに書いたらい、のであらう」と言いながら、すでに新聞に小説の執筆が予告されているのだ。「忙しい」中へ自分を追い込むしかない子規の、生への切迫感が、手紙の構成そのものとして、漱石に手渡されている。

御歌所派の『古今和歌集』摸倣批判

「ほとんど筆を置くひまかない程いそかしく」するためには、「俳句」だけでは足りなかった。だから「新体詩」に、そして「小説」にまで挑戦していった子規は、一八九八（明治三一）年に入って、ついに「和歌」の改革に踏み出していく。二月一二日から三月四日まで『日本』に連載された、「十たび」にわたる『歌よみに与ふる書』が、子規の歌論の出発点となった。

きっかけの一つをつくったのは、落合直文（一八六一～一九〇三）であった。落合はすでに一八九三（明治二六）年に「あさ香社（浅香社）」という近代的な短歌結社を結成し、与謝野鉄幹（一八七三～一九三五）、大町桂月（一八六九～一九二五）、武島羽衣（一八七二～一九六七）、金子薫園（一八七六～一九五一）などを育てていた。

その落合が「萩の家主人」の名で、『日本』の一月一六日付に、『翁の小言』という文章を掲載した。その内容は、なぜ『日本』では、漢詩と俳句だけが重視されて、歌はあまり顧みられないのかという問いを立てる翁に、それは「載すべき歌のなきがためならむ」と

「余」が応じると、「文苑欄をひろげ、おもく、歌をもてなさむには、おのづから、よき歌もあつまりなむ」と翁が言う、という寓話であった。

この記事にただちに反応するかのように、一月三一日の『日本附録週報』には『青年歌人に告ぐ』という文章が「白雲」の筆名で掲載される。俳句の世界では「新派の勢力殆んど一世を風靡」しているにもかかわらず、和歌の世界はまったく新しい機運がないので、「新元気を取つて沈滞の気を掃」うべきことを「青年歌人」に呼びかける投書であった。

こうした『日本』の読者からの、和歌の不振を嘆く投書に応えるように、『歌よみに与ふる書』(二月一二日)は、「仰の如く近来和歌は一向に振ひ不申候」と書き始められていく。「書」として位置づけている以上、読者との言葉の応答関係を強く意識した書簡体評論であり、この形式それ自体が討議的で対話的な「デモクラティック」な場を構成している。

子規の問題提起は強烈であった。「和歌」の世界は「万葉以来実朝以来一向に振ひ不申候」と言い切ったのである。歌集としては『万葉集』だけ、歌人としては源実朝ただ一人しか評価しない、と子規は宣言する。「実朝の歌は」、「力量あり見識あり威勢あり時流に染まず世間に媚びざる処」を評価すると述べ、「人間として立派な見識のある人間ならでは実朝の歌の如き力ある歌は詠みいでられまじく候」と、自らの評価基準を子規は明確に定義している。そして、自らを、「力を極めて実朝をほめ」、「万葉崇拝」の立場に立った賀茂真淵の系譜に位置づけたのである。

そして『再び歌よみに与ふる書』（二月一四日）では、より大胆に、冒頭で「貫之は下手な歌よみにて古今集はくだらぬ集に有之候」と言い放っている。この宣言は、同時代の歌壇に対する全否定とも言える。

一八八八（明治二一）年に御歌所の初代所長となった高崎正風（一八三六〜一九一二）は八田知紀（一七九九〜一八七三）に歌を学んでいる。八田は香川景樹（一七六八〜一八四三）の二高弟の一人と称された、『古今和歌集』の歌風を尊重した桂園派の正統を継ぐ存在であった。したがって「貫之や古今集を崇拝するは誠に気の知れぬこと」と宣言することは、権力の中心とも結びついていた明治の歌壇全体を敵にまわすことでもあった。なぜそこまでしなければならなかったのかと言えば「実は斯く申す生も数年前迄は古今集崇拝の一人にて候ひし」という状況だったからだ。

つまり誰もが「古今集」を和歌の規範だと崇拝し、疑いを抱かない体制が明治の歌壇を支配していたから、「古今集」を「真似(まね)る」ことだけに終始してしまったのである。根拠のない規範意識から自らを解放しなければならない。そのためには議論を尽くすことが必要だ。『三たび歌よみに与ふる書』（二月一八日）では、「異論の人あらば何人にても来訪あるやう」「三日三夜なりともつゞけさまに議論可致候(いたすべく)」と子規は読者に呼びかけていく。

議論をするためには、理念的な「空論ばかり」ではなく「実例」をあげて「評」をする必要があるとして、子規は『四たび』（二月二一日）と『五たび』（二月二三日）で、具体的な歌をあげながら、自らの和歌に対する評価の基準を明示していく。

まず『四たび』で批判されるのは、「感情を述ぶる」「歌」において、「理窟を述ぶる」例である。八田知紀の「芳野山霞(かすみ)の奥は知らねども／見ゆる限りは桜なりけり」における「霞の奥は知らねども」は、「理窟に陥」っている、と子規は言う。なぜなら「見ゆる限り」という言葉によって、見えないところについてはわからないという限定がされているのだから、わざわざ「知らねども」などと断る必要はないからだ。

『五たび』においては、凡河内躬恒(おおしこうちのみつね)の「心あてに折らはや折らむ初霜の／置きまとはせる白菊の花」を「一文半文のねうちも無」い「駄歌」と批判している。その理由は「嘘(うそ)の趣向」だからである。初霜が降りて一面白くなり、どれが本当の花か見分けがつかなくなっているけれど、あて推量で白菊の花を折ってみようかという歌の意味だが、「初霜が置いた位で白菊が見えなくなる気遣」は「無」い。しかも「嘘」の中でも「瑣細（ささい）な事を矢鱈（やたら）に仰山に述べた」「無趣味」の「つまらぬ嘘」だから駄目なのだと子規の批判は手厳しい。

「文学的」和歌批評による実朝の発見

そして『六たび』（二月二四日）で子規は、実際に『日本』に投書された「千葉稲城」による「竹の里人に一筆参らせ候」の要所要所を批判しながら、「文学的に其歌を評する」自らの立場を鮮明にする。『七たび』（二月二八日）では、「漢語にても洋語にても文学的に用ゐられなば皆歌の詞」であり、和歌における「用語の少き」ことが原因となって和歌が腐敗しないようにするべきだと主張する。

『八たび』（三月一日）で、初めて「善き歌の例」をあげて論じると宣言する。全て、源実朝の『金槐（きんかい）和歌集』の歌であり、最初に分析されるのが「武士（もののふ）の矢並つくろふ小手の上に霰たばしる那須の篠原」である。

子規は、この歌の「句法」の独自性について、「なり、けり、らん、かな、けれ」などの「助辞」が少なく、「名詞極めて多く」、「二個の動詞」も「動詞の最短き形」である「現在」形で、「材料」が「充実」していることを高く評価している。三つの「の」と一つの「に」以外は、全て意味のある言葉でこの歌は満たされており、「句法」としてはきわめて「破天荒」であるとされる。実はこの実朝の歌は、『三たび』においても引用されていたのである。賀茂真淵の歌と対比しながら、「調子の強き事は並ぶ者無く此歌を誦(しょう)すれば霰の音を聞くが如き心地致候」と子規はとらえていた。

「誦す」るとは声を出して詠むことで、確かに後半の「アラレ」「タハシル」「シノハラ」という音からは、多くの「武士」たちの肩先から腕をおおっている、鎧(よろい)の付属具である鎖と鉄金具で仕立てられた籠手(こて)に、霰がバラバラとあたる様子が、聴覚から視覚へ転ずるように想像出来る。「モノノフノ」というやわらかい音から始まるこの歌の、いわば擬音効果的転調と、戦場に集合した武士団の開戦直前の緊張、つまり形式と内容が見事に相乗効果をあげていることを子規は指摘しているのである。

「那須の篠原」に集合した「武士」の一団が、開戦を前に矢を入れる箙(えびら)の矢並びを、一斉に整えている光景が水平軸の広がりの中でとらえられている。一人の武士が箙の中の何本もの矢を整える像から、それが多くの武士たちによって一斉に行われるという一から多への相乗的な視覚的像の転換、矢並びを整える音と、霰が「小手」(籠手)にあたる音が交錯する、やはり相乗的な聴覚的像の効果、そして、それまでの水平軸に対し、霰によって天から地への垂直軸が一気に何本もひかれていく。子規の言うとおり、「此の如き趣向」は、「和歌には極めて珍しき事」なのだ。子規は「一方には此万葉を擬し一方には此の如く破天荒の歌を為す」実朝の、「測るべからざる」「力量」を見出(みいだ)しているのである。

死に向かい合う覚悟

そして『九たび』(三月三日)では、『金槐和歌集』の歌を四首とりあげて、実朝論をまとめることになるのだが、引用された最後の歌に注目したい。

大海のいそもとゞろによする波われてくだけてさけて散るかも

この歌について子規は「大海の歌実朝のはじめたる句法にや候はん」という問いを、読者に投げかけている。子規の討議的で民主主義的な批評の言説に、八〇年近い年月を経て応答したもう一人の批評家が存在したことを私たちは忘れてはならないだろう。この歌を引用しながら、その批評家は、子規の問いかけに次のように答えていた。

京都歌壇の月なみの題材は、大海の怒濤を含まなかった。また結句に感歎詞「かも」を用いることも少なかった。

（加藤周一『日本文学史序説』上、ちくま学芸文庫、一九九九。単行本は一九七五年刊行）

子規が問うた実朝の独自性、「実朝のはじめたる句法」の内実を、「題材」においても「結句」の「かも」の使用においても「月なみ」ではなかったことを明確にし、この歌に子規の言う「実朝のはじめたる句法」が息づいている理由を加藤氏は明晰に理論化する。

実朝には貴族文化にあこがれながら、その枠を超える面があり、その理由は、おそらく鎌倉の「歌人」が、鎌倉の「将軍」と同じように、徹底して孤独であり、由比ヶ浜の波をひとりで長く見つめているときがあったからであろう。

（同前）

源実朝という「鎌倉の将軍自身」が、「武士権力から疎外されていた」と加藤氏は言う。実朝は自分が暗殺される可能性が高いことを自覚しながら歌を詠んでいた。実朝が宋人に「唐船」をつくらせたのは「本来亡命を目的としたものであったかもしれない」と、加藤氏は想像している。「策謀とかけ引き、――その主体としての個人が独立しはじめる時代」の中で実朝という「個人」が析出されたと加藤氏は考えている。

子規の実朝への共感も、死に向かい合う覚悟において成り立っていたのである。そのように考えると、初回の『歌よみに与ふる書』の書き出しの第三文と第四文は、実に切実な意味を帯びていたことに、改めて気づかされる。

実朝といふ人は三十にも足らでいざ是（これ）からといふ処にてあへなき最期を遂げられ誠に残念致し候。あの人をして今十年も活かして置いたならどんなに名歌を沢山残したかも知れ不申候。

一八九八（明治三一）年、ようやく子規は「三十」に「足」りた。前年の五月末に重態となり、「小生覚えてより是程の苦みなし」というほどの「苦痛」を体験し、「いつその事早く死んでア、惜しい事をしたといはれたが花かとも存候」（一八九七年六月一六日付書簡）と漱石に弱音をはいてもいた。そして「万一生きのびるなら生きて居る間の頭の働如何は今より気遣敷候」（同前）と心配し、「歌」をめぐる論争の中に、自ら飛び込んだのである。

子規は自分が「今十年も活」きるとは思っていない。したがって実朝への「どんなにか名歌を沢山残したかも知れ不申候」という言葉は、実は自分自身への、必死の叱咤激励だったとも考えられる。あと何年生きられるかどうかわからない中で、どれだけ「沢山」の「名歌」を「残」せるのかという実朝の境涯は、子規自身に向けられていた問いだったのである。

『十たび』（一八九八年三月四日）の中で、子規は、自らを励ますように、「歌よまんとする少年あらば老人抔にかまはず勝手に歌を詠むが善かるべくと御伝言可被下候(くださるべく)」と宣言している。「古人のいふた通り」や「しきたりに倣はんとする」のではなく、「只自己が美と感じたる趣味を成るべく善く分るやうに現すが本来の主意に御座候」という、あるべき短歌の姿を提出した単純明快な子規の言葉は、自らの歌の創作への方向づけでもあった。

論争的な応答関係

『歌よみに与ふる書』の連載中から、多くの反論や異論が『日本』には投稿されてきていた。『六たび』で試みた、投稿者との論争形式の批評は、具体的で実践的な短歌の創作方法にも踏み込む方向で『あきまろに答ふ』(『日本』三月六日)に受け継がれる。三月二〇日からは、「幾百年」の「和歌」の「腐敗」を、「吾等(われら)の如き常病人」が「病気に罹(かか)る事」に喩(たと)えて、『人々に答ふ』という論争的文章の連載が始まる。論争は、『日本』という活字メディアである新聞の紙面を、執筆者相互の異論や反論をぶつけ合う「デモクラティック」な討議の時空にしていくための、子規のメディア戦略の一つの実践形態でもあった。

討議の時空は紙面だけではない。三月二五日には子規庵で、初めて歌会を開いている。

その歌会のことを自嘲的に子規は、三月二八日付の手紙で漱石にこう書き送っていた。

先日はしめて歌の会を催し候　会するものは矢張俳句の連中のみ　呵々

集ったのは高浜虚子、河東碧梧桐、石井露月（一八七三〜一九二八）、梅沢墨水（一八七五〜一九一四）、福田把栗（一八六五〜一九四四）など、俳人ばかり。このメンバーは、『日本』紙上で二月二七日から三月一〇日まで十一回にわたって掲載された『百中十首』の選者たちでもあった。『百中十首』とは、子規自身が創作した百首の歌から、十首を選者に選ばせせて発表するという、きわめて独自な発表形式であった。岡井隆氏は「作品というものの成立に、読者（この場合、読者の一人としての選者）を介在せしめようとする、子規固有の文芸観さえそこに覗かれる。こういう発表形式は、句会などの体験を通じて、子規にはごく自然にかんがえ出されたもののようにも思われる」（『正岡子規』、近代日本詩人選3、筑摩書房、一九八二）と指摘している。選者の中には新聞『日本』の経営者であった陸羯南までが入っていた。

子規の短歌革新運動は、俳句における経験を十全に生かして、活字メディアにおけるコミュニケーションはもとより、会合を開いて直接向かい合いながら、作品を発表し合い批評し合うという、作者と読者の応答的で「デモクラティック」な討議の中で、それぞれのジャンルの歴史と伝統をふまえた革新として実践されていったのである。

ここには子規のしたたかさもあらわれている。短歌の世界は、御歌所の創設に伴い、近代天皇制の権力の構造の中に取り込まれていた。『古今和歌集』批判はただちに御歌所派批判ともなる。『日本』という新聞の政治的な位置から考えても、周到な戦略性が不可欠である。そうであるなら、新聞社の社長にも了解された形で、しかも同じ新聞に執筆する他の表現者たちも参加させつつ、連帯責任と共同責任を組織しながら、短歌革新の運動を進めていくというのが、子規の戦略である。

しかし、こうした運動は、その内部においても当然徹底して論争的にならざるをえない。子規は先の三月二八日付の手紙で漱石に本音をもらしている。

歌につきてハ内外共に敵にて候　外の敵ハ面白く候へとも内の敵にハ閉口致候　内の敵

とは新聞社の先輩其他交際ある先輩の小言ニ有之候　まさかにそんな人に向て理窟をのぶる訳にも行かずさりとて今更出しかけた議論をひつこませる訳にも行かず困却致候

『歌よみに与ふる書』から『あきまろに答ふ』、そして『人々に答ふ』といった紙上での論争が、日本新聞社内の「先輩」や、それまで「交際」のあった「先輩」たちからも、様々な「小言」を言われながら行われていったことが生々しく伝わってくる。「今更出しかけた議論をひつこませる訳にも行かず」という言葉には、子規の置かれた切羽詰まった状況が表現されている。

「理窟」で説得出来ないのであれば、これまで「出しかけた議論」を実現したような実作を創って証明するしかない。自らの「理窟」と「議論」を裏づける歌を創作してみせ、百首の中から十首選ばせる『百中十首』の戦略は、そうした子規の、論争的な討議的時空を成り立たせていく、重要な結節点になっていた。子規は先の手紙で漱石に決意を表明している。

併シ歌につきてハたび〳〵失敗の経験有之候故今度ハはじめより許可を出願して出しはじめしもの此上ハ死ぬる迄ひつこミ不申候

「死ぬる迄」は比喩ではない。現実的で実践的な子規の覚悟の表明である。

言葉のキャッチボール

五月二九日付の手紙で、子規は漱石に「此頃ハ庭前に椅子をうつして室外の空気に吹かるゝを楽ミ申候　昨今ハ丁度昨年発熱の満一年なれハにや多少発熱あり　さなくとも時候柄なまける時なれば身体よわりてよわりて何も手につき不申候」と弱音をはいている。

前の年の五月の末、子規は三十九度以上の熱に「四五日間打続きて」「苦められ」、「今度は大方あの世へ行くことと」（一八九七年六月一六日付漱石宛書簡）覚悟を決めていたのである。同じ季節の到来の中でその記憶が、生々しく蘇って来ている。

この前年の手紙で子規は、「親」には「近くして心弱きことも」言えないので、「千里外」の漱石に「向つて」、「思ふ事」を「もら」すのだと告白している。そして手紙の末尾には「余命いくばくかある夜短し」という句を書き記し、その後に「障子あけて病間あり薔薇を見る」という句を書き足した。一年後の手紙では、そのことを自ら想起しながら「庭前に椅子をうつして室外の空気に吹かる丶」と同じ状況を設定しながら、「金之助様」と宛名を書いた後に、「本月初以来菓物の常食をやめ候」と書き加え、さらに「いよく元気欠乏致候」と追加したうえで、「薔薇散るやいちごくひたき八ツ下り」という句を添えている。

おそらく、一年前の手紙の記憶を、自ら想起するだけでなく、漱石も共に想い起こしていると子規は実感していたのだ。一年前の同じ季節にしっかり咲いていた薔薇は、今年はもう散ってしまったのであり、去年の重態から回復した後は「食事はす丶み候」と書くことが出来たが、今は大好きな「菓物」を常に食べることさえ出来なくなっている。その口惜しさが「いちごくひたき」という七音に満ち満ちて、その「くひたき」思いが、次の五音にまであふれていって、「八ツ下り」という時刻の表示が、「八ツ当り」に見えて来さえする。去年のこの季節であれば御八つの時間に出されていた「いちご」が、今年は食べられないという痛切な思いがこの五音に込められているのだ。

しかし、「薔薇散るや」で表現されている、死期を間近に意識し続けている気持ちの重さと「心弱きこと」を、漱石との間の俳句のやり取りに託すことで、「いちごくひたき八ツ下り」という駄々っ子のような素直な欲望の表出が、なお生命の力が子規の中に確かにあることを伝え、それを受けとめることで、独特なおかしみが生まれ出てくる。ここに、子規が漱石と創り出した「デモクラティック」な言葉のキャッチボールの極意がある。

この一八九八（明治三一）年の五月、子規は新聞『日本』に『ベースボールの歌』を発表する。長谷川櫂氏は、この九首を「子規が訣別した青春時代をかなしみ、たたえる歌」（『子規の宇宙』角川選書、二〇一〇）と位置づけている。

ベースボールの歌

久方のアメリカ人のはじめにしベースボールは見れど飽かぬかも
国人ととつ国人とうちきそふベースボールを見ればゆゝしも
若人のすなる遊びはさはにあれどベースボールに如く者はあらじ
九つの人九つのあらそひにベースボールの今日も暮れけり

今やかの三つのベースに人満ちてそゞろに胸のうちさわぐかな
九つの人九つの場をしめてベースボールの始まらんとす
うちはづす球キャッチャーの手に在りてベースを人の行きぞわづらふ
うちあぐるボールは高く雲に入りて又落ち来る人の手の中に
なか〳〵にうちあげたるは危かり草行く球のとゞまらなくに

子規が実践しようとした短歌革新が、どのような表現世界を目指していたのかが、明確に伝わってくる九首である。「ベースボール」というカタカナ語と関係を結ぶことによって、使い古されたはずの歌語にまったく新しい命が吹き込まれ、「明治」という時代の精神の一つの在り方が、はじけるような力強さで伝わってくる。坪内稔典氏は、「チームによるゲーム」としての「ベースボール」に、子規が「共同の楽しみを見出していた」として、「そのチームに句会や歌会などと同じような共同性を見出していたにちがいない」(『正岡子規——創造の共同性』リブロポート、一九九一)と指摘している。

そのように考えるなら「九つの人九つのあらそひ」、「九つの人九つの場をしめて」という表現から、句会や歌会を共有してきた仲間たちへの思いが込められていることが伝わってくる。そうした仲間たちの頭上に「うちあげ」られた「草行く球」の「とゞまらなくに」とは、いかなる思いの表現なのか。幼名升（のぼる）をもじって、「のボール」と読ませる「野球」という号を、子規が用いていたことは周知の事実である。

第五章　「写生文」における空間と時間

『小園の記』と「小園の図」

一八九八（明治三一）年一〇月、それまで松山で発行していた『ホトトギス』を、高浜虚子を発行人として、東京で出すことになる。東京発行の第二巻第一号は定価九銭で六十頁の雑誌となり、初版千五百部は好調に売れ、即日五百部を再版する。

この号に子規は『古池の句の弁』『小園の記』『土達磨（だるま）を毀（こぼ）つ辞』『俳諧無門関』『朝顔句合』（傍点引用者）のほかに、新体詩や和歌も発表した。およそ言葉による表現ジャンルの全てを、実践している。なかでも『小園の記』は、新しい散文の試みである。

『小園の記』を「子規の写生的随筆」と位置づける木村幸雄氏は、図入りで書かれたこの文章について、「図は「小園の図」と題され、園内のあちこちに植えられている草木の位置が、それらを詠んだ俳句を記入して示されている。文章は写生文である。眼前の小園の実景を写生的に描いている。それが、途中で想像の世界を描く文章に発展し、飛躍するところがある。そこが読んでいて面白いところであり、子規の随筆の文章の特色が発揮されている」（『子規の随筆――写生と想像』、『国文学　解釈と鑑賞』二〇〇一・一二）と述べている。

「小園の図」という図と、「我に二十坪の小園あり」と始まる『小園の記』という文を相互に関わらせてみると、空間的言語表象としての図があるからこそ、文の側の時間的構造を明確に辿る可能性が出て来ることがわかる。

「小園の図」は、『小園の記』を執筆する〈今〉において作成されているのだ。

『小園の記』が記述された現在時は、一八九八（明治三一）年秋の「野分」の後だと読者がわかるのは、最後の段落である。「去年の春」「鷗外」からもらって「埋め」た種から「今年夏の頃」「葉雞頭」の「怪しき芽」が出て来たので、「竹を立て、大事に育て」ていたと子規は書き記す。「野分荒れし」ときは、「葉雞頭」のこと「ばかり気遣」っていたが、「少し傾」いただけであった。しかし周囲の者たちが気にして、「野分」から「二三日」後、

「向ひの家」から「貰ひ来た」「肥え太りたる雞頭四本ばかり」を「植ゑ添へ」てくれただけでなく、「そのつぐの日」には、「不折子が大きなる葉雞頭一本引きさげて来りしなりけり。朝霧に濡れつゝ手づから植ゑて去りぬ」という経緯が、末尾近くで明らかにされていく。

「小園の図」の俳句を見ると、庭の中央からやや東寄りのところに「葉雞頭昼照草を引きにけり」とあるので、これが森鷗外からもらった種から芽生えたものであり、その東隣が「雞頭を貰ふて植ゑぬ野分過」とあるので、「野分」から「二三日」後の「向ひの家」から「貰ひ来た」ものであることがわかる。さらに一句隔てて、「雞頭や不折がくれし葉雞頭」とあるので、これが「そのつぐの日」のことで、最も執筆時に近い出来事だということが明確になってくる。

したがって、確かに「小園の図」では、子規が『小園の記』を書いている〈今〉の時点における同時性において、「眼前の小園の実景」が空間的に描かれていると言えるのだが、一つひとつの植物には、それぞれの来歴があることが、「小園の図」の俳句と『小園の記』の散文を交錯させることで、読者には理解出来てくるのだ。過去と現在の光景が書き手の

小園の図

椎の実を
拾ひに来るや
隣の子

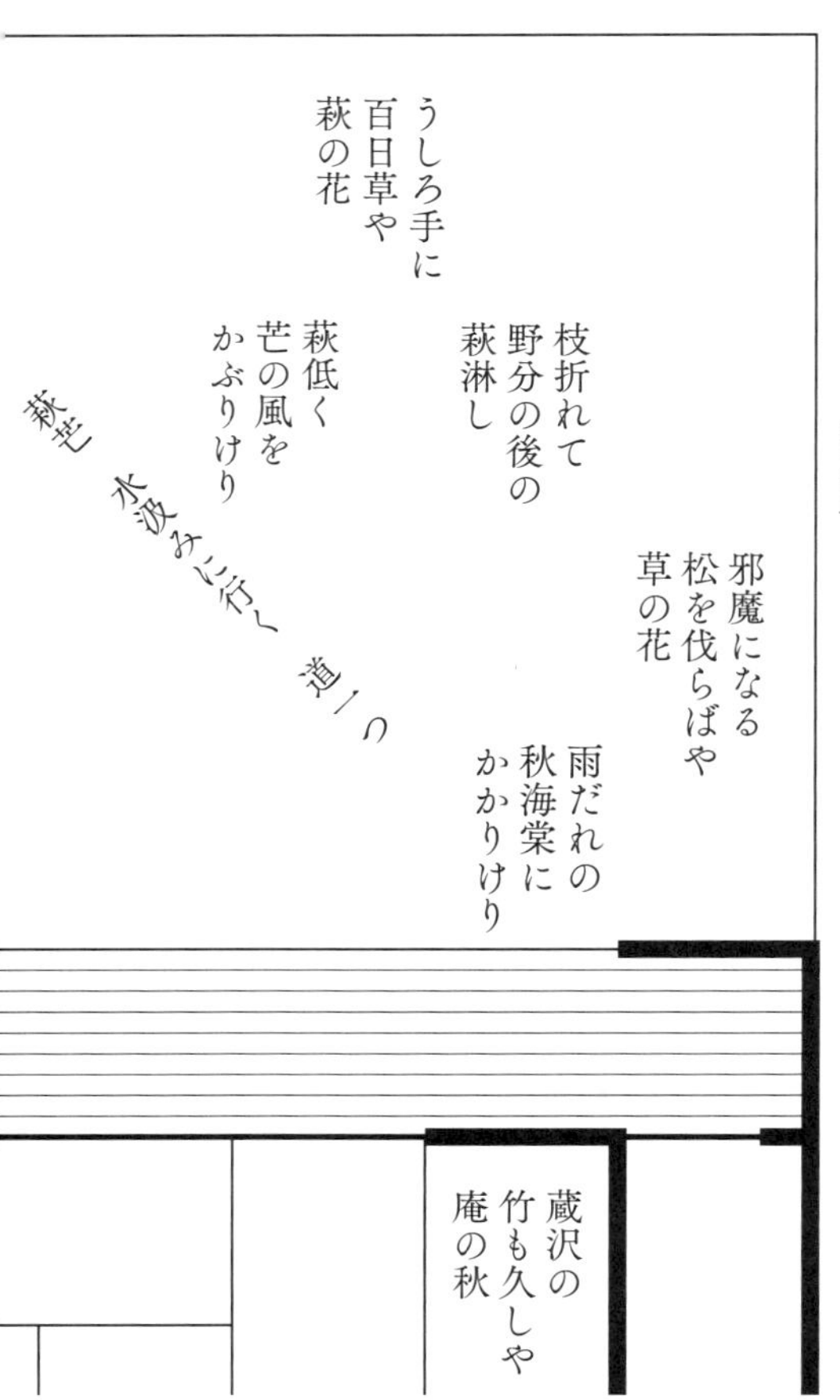

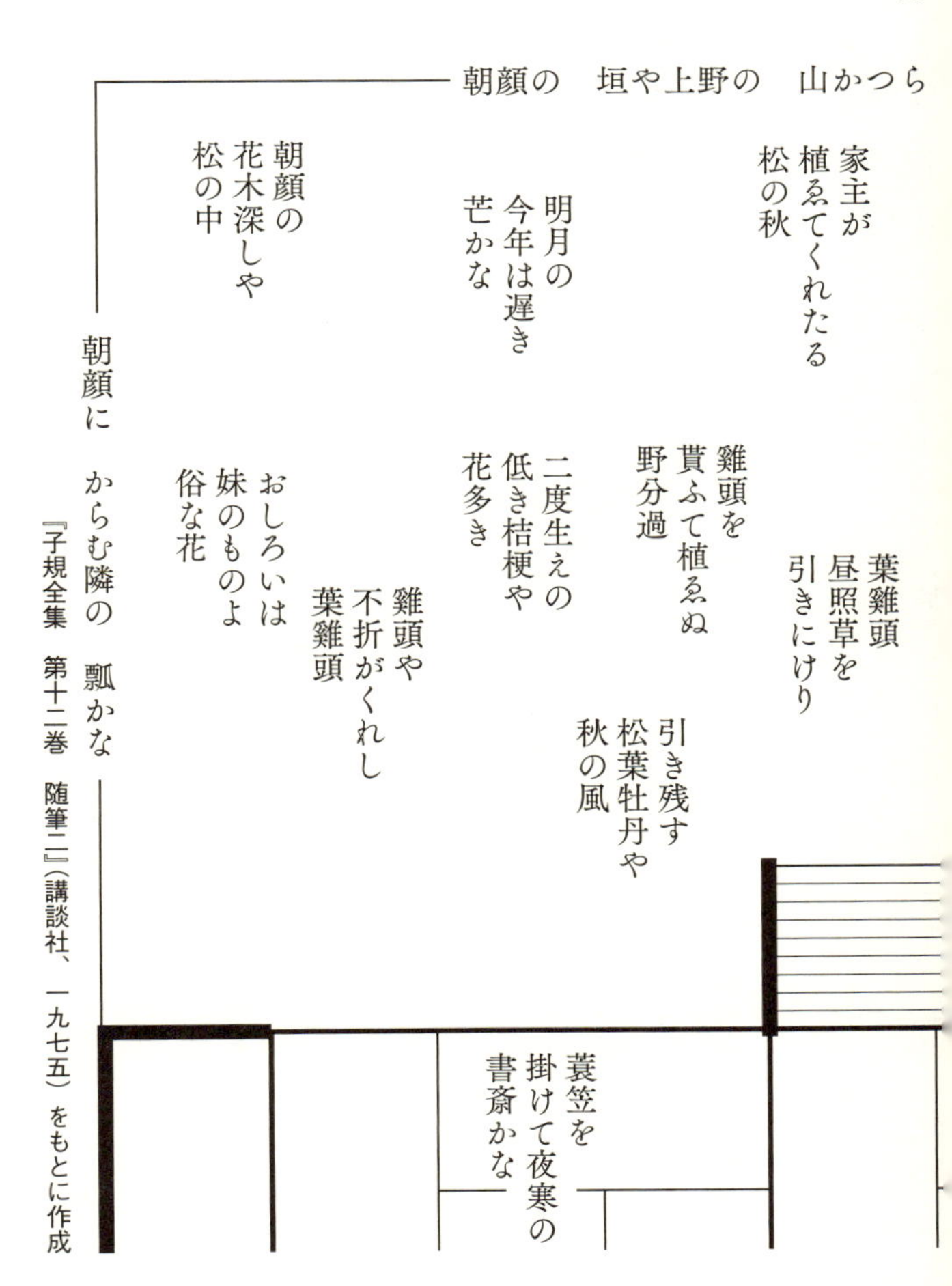

『子規全集　第十二巻　随筆二』（講談社、一九七五）をもとに作成

記憶を媒介に読者の眼前で重層的に点滅する。

『小園の記』は、「我に二十坪の小園あり。園は家の南にありて上野の杉を垣の外に控へたり」と始まる。まず「始めてこゝに移りし頃は僅に竹藪を開きたる跡とおぼしく草も木も無き裸の庭」だったことが想い起こされ、「小園」の来歴が語り始められていく。時間的推移は「やがて家主なる人の小松三本栽ゑて稍物めかしたるに」と続いていく。確かに「小園の図」の「垣」のすぐ北側には「家主が植ゑてくれたる松の秋」とあり、西側に「邪魔になる松を伐らばや草の花」とあり、もう一本は東側に「朝顔の花木深しや松の中」とある。

このように、空間表象として同時に見ることとの出来る「小園の図」を仲立ちにしながら、この「小園」を見ている子規と共に生きている植物一つひとつの異なる来歴、大げさに言えば「小園の図」の歴史が見えてくるのである。「小園」の来歴の始まりは、「一年軍に従ひて金州に渡りしが其帰途病を得て」という、一八九五(明治二八)年の従軍の記憶と、結核の病の急激な悪化の記憶とが重ねられていることがわかる。

ている。

「今」と「此所（ここ）」の複数性

須磨（すま）保養院を出て、「故郷」で漱石と生活を共にした叙述の後、「家に帰り着きし時は秋まさに暮れんとする頃なり」とある。子規が帰京したのは一〇月の末。この一八九五年一〇月末の帰京のときが、『小園の記』における最初の〈今〉あるいは今日として設定されている。

> 庭の面去年よりは遥にさびまさりて白菊の一もと二もとねぢくれて咲き乱れたる、此景に対して静かにきのふを思へば万感そゞろに胸に塞がり、からき命を助かりて帰りし身の衰へは只（ただ）此うれしさに勝たれて思はず三逕就荒（さんけいしゅうこう）と口ずさむも涙がちなり。
>
> （傍点引用者）

「家に帰り着」いたのは秋の終り。「庭の面」を見ていた子規は、ただちに「去年」の秋の「庭の面」と比較して、「遥にさびまさりて」という感慨を抱く。この瞬間、記憶の中の「去年」の秋と対比されたこの文章の実際の執筆時とは異なる〈今年の秋〉という〈今〉、すなわち一八九五年一〇月末の時間が流れ始めることになる。

その流れ始めたばかりの〈今〉の時間に即して「白菊の一もと二もと」の「咲き乱れたる」姿が眼に入る。「此景」として「咲き乱れたる」「白菊」の「花」を、生きて見ることが出来ているという今日の実感が、「静かにきのふ」を「思」い起こさせ、「からき命を助かりて」という、病がもたらす死と生の鮮烈な対比の認識と感情をもたらすことになる。

「三逕就荒」とは、陶淵明（とうえんめい）の有名な『帰去来辞』の一節で、「松菊猶存」と続く。漢の蔣詡（しょうく）が庭に松と菊と竹を植えた三つの小道、すなわち「三逕」をつくった故事をふまえた表現である。「竹」は、もともとこの土地を住宅にしたときにあり、「松」は「家主」が庭らしくなるように植えてくれていた。日清戦争への従軍から、結核を悪化させて帰還した、九死に一生を得た子規が強く反応したのは、「白菊の一もと」であった。

子規の思いは「白菊」の「花」に凝縮されている。


ありふれたる此花、狭くるしき此庭が斯（か）く迄（まで）人を感ぜしめんとは曾（かつ）て思ひよらざりき。

生死の境をさまよった子規が、奇跡的に東京に「帰り着きし時」の〈今、此所〉において迎えてくれたのが、「ねぢくれて咲き乱れたる」「白菊」の「花」だったのだ。まさに「此花」に子規は「感ぜしめ」られたのであり、それは「思ひよらざ」ることでもあった。

「此花」「此庭」という、空間としての〈此所〉を繰り返すことで、従軍から帰還し「小園」に足を踏み入れたまさにそのときにおける〈今〉を呼び寄せ、「去年」と対比された〈今、此所〉を子規は繰り返し読者の意識に喚起する。「此景」に再び出会えた「此うれしさ」と、「此」の文字を子規は頻出させ、自らの死と向き合い病を生き抜く、新たに始まった生活を支え続けたのが、「此花」のある「此庭」と対応させている。

帰還したその日の言葉を発する主体の〈今、此所〉を喚起する、「此」という同じ一文字が、次の文章では、異質な「今」と接続することで、まったく異なった機能を担うことになる。

沉して此より後病いよ〳〵つのりて足立たず門を出づる能はざるに至りし今、小園は余

が天地にして草花は余が唯一の詩料となりぬ。（傍点引用者）

この文の「今」は、『小園の記』を執筆している現在の時間を指している。『小園の記』を執筆する時間を生き、文字を書きつけている時点において、「小園」の「今」の「実景」を「眼前」に見ている主体が「余」なのである。同じ時間と空間を生きている「余」が、「小園の図」を描いているのである。

『小園の記』における時間には、「図」の現在時だけでなく、「帰り着きし時」を始まりとする「此より後」の、一八九五年の一〇月から九八年の一〇月に至る、丸三年間の時間の持続が組み込まれてもいる。その三年間は、「此」を起点とする、「病」が「いよ〳〵つのり」、悪化する結核と対峙する一日一日を生き抜く、子規の生の持続の時間でもあったのだ。その結果は、「足立たず門を出づる能はざる」「今」として現象している。そして「此」から始まり「今」に「至」る三年間の病を生き抜いた子規の、時間と空間の記憶の全体を包む感慨が、この文の末尾の、ある作用が実現し完了したことを示す助動詞「ぬ」で表現されていることが明確になる。

「此」と「今」という一文字ずつが、完了の助動詞「ぬ」によって起点と終点の関係につながれる文章構造によって、「余」という一人称的表現は「病」が「いよ〳〵つの」っていく三年間の経験の持続の全てを、記憶に内在させ、それを「今」において想起する主体の位置を獲得することになる。時間的記憶の中での、過去の時点と執筆時の〈今、此所〉との往還において表現しうる新しい散文の構造が、ここに誕生している。

現実と夢の間で

新しい散文を創出しようとする子規の実践は意識的である。『小園の記』は、「あり」から始まり、「たり」「らる」と、現在時の時制を示す文末詞が続き、記憶の第一起点となる「始めてこゝに移りし頃」の文が過去の助動詞「き」で結ばれ、従軍から帰った日の文は「なり」「なり」と続き、先に引いた「き」で終る文と、「なりぬ」の文が続いていくのである。

『小園の記』は、起点としての一八九五年秋から出発して「つぐの年」と、翌九六年の「春」の出来事に言及していく。

暖かいある日「余」は、「萩の刈株」の新芽を見つめている。その「勢」を見つめながら、この春の日からは未来である「秋」に咲くはずの萩の花の色を「余」は想像する。想像が可能になるのは、前年の秋に萩の花を見た記憶が存在しているからだ。春に芽生える萩の葉は三枚の葉が一緒に出ており、秋に咲く花は紅紫色の蝶形で、形状も類似している。したがって「真昼」から「夕」方までずっと現実の凝視と、瞼を閉じての想像（記憶の想起）を交互に繰り返していたとすれば、「余」が「見るともなく酔ふたるが如く労れたるが如くうつとり」となるのも当然であろう。

今迄病と寒気とに悩まされて弱り尽したる余は此時新たに生命を与へられたる小児の如く此より萩の芽と共に健全に育つべしと思へり。折ふし黄なる蝶の飛び来りて垣根に花をあさるを見てはそぞろ我が魂の自ら動き出で丶共に花を尋ね香を探り物の芽にとまりてしばし羽を休むるかと思へば低き杉垣を越えて隣りの庭をうちめぐり再び舞ひもどりて松の梢にひら〳〵水鉢の上にひら〳〵一吹き風に吹きつれて高く吹かれながら向ふの屋根に隠れたる時我にもあらず惘然として自失す。

若く生命力に満ちた「萩の芽」をながめ、それらと一体化して、現実の「病」と「寒気」から脱け出し、「健全に育つべし」と思った「余」は、「花をあさる」「黄なる蝶」と一体化する。現実に見ている「萩の芽」は、三枚の複葉、想像している秋に咲くであろう萩の花は蝶の形をしている。現実と想像の間で、飛んできた蝶と一体化するのは、荘子の『胡蝶之夢』以来、夢と現実、我と物とが一体化する境地の、漢字文化圏の伝統における最もなじみ深い表象である。

現実から想像へ、あるいは現実から夢へ、叙述の主体の「余」から分離した「我が魂」は、蝶の姿を視覚的に追いながら一体化していく。しかし蝶の視覚的像が「屋根に隠れた」瞬間、「我にもあらず」「自失」する。

> 忽ち心づけば身に熱気を感じて心地なやましく内に入り障子たつると共に蒲団引きかぶれば夢にもあらず幻にもあらず身は広く限り無き原野の中に在りて今飛び去りし蝶と共に狂ひまはる。狂ふにつけて何処ともなく数百の蝶は群れ来りて遊ぶをつら〳〵見れば

蝶と見しは皆小さき神の子なり。空に響く楽の音につれて彼等は躍りつゝ舞ひ上り飛び行くに我もおくれじと茨葎のきらひ無く踏みしだき躍り越え思はず野川に落ちしよと見て夢さむれば寝汗したゝかに襦袢を濡して熱は三十九度にや上りけん。

発熱に気づき「蒲団」を「引きかぶ」った後は、あえて叙述の主体は「夢にもあらず幻にもあらず」と断りながら、身体感覚が想像的に「原野の中」を飛び、視界から消えた「蝶と共に狂ひまはる」のである。

花々の記憶への追悼

一羽の蝶は、「数百の蝶」となって「群れ」ていく。「蒲団」の中で外界への視界は完全に閉ざされているのだから、「夢」と「幻」は、外界で眼にした「萩の芽」と、想像した「秋の色」、すなわち秋になったら咲くであろう萩の花が重なった視覚的像になる。この「萩の芽」と「花」の重なりは、「皆小さき神の子」となり、天上に「舞ひ上」がっていく。それを想像上の「我」が追いかけて行く。「夢さむれば」、「三十九度」の熱に浮かされていたことが判明する。

熱に浮かされた「我」が、「神の子」に「おくれじと」、「茨葎のきらひ無く踏みしだ」いていくという「夢」の設定である。「茨」はいばら、「葎」はむぐら、いずれもとげのある植物だが、この「小園」に「薔薇（ばら）」が植えられていることがわかる。

先の「夢」の叙述の直後に、「薔薇」と「萩」が結びつけられている。「赤き薔薇白き薔薇咲き満ちてかんばしき色は見るべき趣無きにはあらねど我小園の見所はまこと萩芒（すすき）のさかりにぞあるべき」とある。夏の「薔薇」も「趣」があるが、「見所」は「萩芒」なのだ。この文の直後に、「今年は去年に比ぶるに萩の勢ひ強く夏の初の枝ぶりさへいたくはびこりて末頼もしく見えぬ」と、九八年と九七年の「萩」とが対比されることになる。

つまり、春の「萩の芽」や、夏の「萩」の「枝ぶり」と「薔薇」、そして「萩」の花の紅紫色は「秋の色」として、九六、九七、九八年と三年分、それぞれ想起され対比されている。先に述べた「丸三年間の時間の持続」は、このように文章の構造それ自体として構築されていくのである。

『小園の記』は、次の文章で結ばれることになる。

薔薇、萩、芒、桔梗などをうちくれて余が小楽地の創造に力ありし隣の老嫗は其後移りて他にありしが今年秋風にさきだちてみまかりしとぞ聞えし。

この末尾の一文に至って、『小園の記』という「写生文的随筆」の、根幹にある思想が明らかになる。「萩」と「芒」を庭に植えてくれたのも、そして最初の「花」としての「薔薇」を植えてくれたのも「隣の老嫗」だったのだ。そのことに読者が気づいた瞬間、『小園の記』の文章のねらいがはっきりと見えてくる。この文章の最初に、過去時制の「き」を使用した「隣の老嫗の与へたる薔薇の苗さへ植ゑ添へて四五輪の花に吟興を鼓せらるゝことも多かりき」という文があったことを読者は想起する。

全ての「小園」をめぐる出来事に、「隣の老嫗」の関わっていたことが、末尾になって明確になる。その「老嫗」が亡くなった。この『小園の記』は、この「老嫗」への追悼文になっているのだ。

いや、単なる追悼文ではない。「老嫗」が「秋風にさきだちてみまかりし」ことをまだ知らなかった「野分」前後の「小園」での出来事を、彼女の死の知らせの「聞えし」後に『小園の記』として叙述していることを明示することで、「老嫗」への深い哀悼を、文章の時間的構造による暗示的表現として子規は結実させているのだ。この時間的構造を創り出しているのが、先の引用部である。『小園の記』の末尾に、「ありし」「ありし」「みまかりし」「聞えし」と、過去の助動詞「し」を重層させることによって、複数の異なる過去が文章の文字そのものとして読者の眼前に去来する。

『小園の記』の文を叙述している〈今、此所〉に最も近い過去が「聞えし」である。この時点は九八年の「野分」の際の「雞頭」騒動と、微妙な時間的関係にある。なぜならその前の「みまかりし」、すなわち「老嫗」がこの世を去ったのが「今年秋風にさきだちて」（傍点引用者）という時点だったからである。「みまかりし」が「聞えし」の次に近い過去になっているのだが、その事実を伝える際に「今年秋風にさきだちて」という説明によって「老嫗」の死の知らせが子規にもたらされたのは、「野分」の後だったということがわかるのだ。

「老嫗」が「薔薇」を「植ゑ添へて」くれたとき、その後「萩の刈株」や「芒」を「もらひし」とき、さらに「桔梗」をもらったときという、異なる時点に記述が意識的に分けられていたことがわかってくる。しかも、その都度「隣の老嫗」、「隣の嫗」と、花を植えてくれた「老嫗」を表現する言葉が一つひとつ変えられていたことも読者は想起する。

『小園の記』を末尾まで読み進めていった読者は、この散文表現が、「老嫗」の「みまかりし」ことを知った後で、改めて彼女がこの「小園」にもたらした「花」の一つひとつの記憶を、子規が蘇らせながら、その「花」の記憶に重ねて、哀悼を捧げていた文であったことがわかってくる。「老嫗」が「みまかりし」ことを知っても、病によって「足立たず門を出づる能はざる」状態にある子規は、墓参りをして花をたむけることも出来ない。その喪の行為の代りに、子規は『小園の記』という散文を記すことによって、「老嫗」に花をたむけようとしていたことがわかってくるのだ。

そのようにして『小園の記』という散文を末尾まで読み進めてきた読者は、改めて自身の記憶に刻まれた、この散文を構築している一つひとつの子規の言葉の意味が、「老嫗」の死を悼む言葉に劇的に転換する経験に巻き込まれていく。

> 此日は晴れわたりてや、秋気を覚え初めしが余は例の椅子を庭に据ゑさせ、バケツとかな盥に水を湛へて折れ残りたる萩の泥を洗へりしかど、空しく足の痛みを増したるばかりにて、泥つきし枝のさきは蕾腐りて終に花咲くことなかりき。

「隣の嫗よりもらひし」「萩の泥」を、「バケツとかな盥に水を湛へて」「洗へりし」子規の行為をめぐる叙述は、散文を末尾まで読んで記憶から再び蘇らせると、あたかも「野分」の前に「みまかりし」「老嫗」の遺体を、子規が必死で洗い清めているかのように読み直すことが出来るのだ。

そして「泥」の「つきし」「枝のさき」の「蕾」が、「終に花咲くことなかりき」と見定めるには、「野分」のあと数日間は必要であろう。すると、この「き」という過去の助動詞を使用する叙述の「今」は、「老嫗」の死を知った後の叙述の現在時であることが明確になる。二度と生き返ることのない「老媼」の死の不可逆性に対する認識は、同時に三年間生き続けてきたものの、毎年悪化していく不可逆な病状との関わりにおいて、死が確実に待ち受けている自身の存在へと結びついていく。

病を生き抜いた三年間の持続の中における、それぞれの年の季節ごとに異なる記憶が、単なる反復や回帰ではなく、病が進行し、不可逆に死に近づいていくこととして、差異と反復のいずれでもある〈今、此所〉に蘇らせる。その散文の構造は、古典日本語の時制の助動詞によって、精密に部分から全体を、そして全体から部分を差異的に相互規定する文体として創出されていたのであった。

こうした散文の構造をふまえて、末尾に付された「ごて〳〵と草花植ゑし小庭かな」という一句を読むと、その五七五の音の言葉からは、くみつくすことの出来ない意味の連鎖があらわれては消え、消えてはまたあらわれるのである。

この一句の中には「小園の図」に付された「うしろ手に百日草や萩の花」、「枝折れて野分の後の萩淋し」、「萩低く芒の風をかぶりけり」、「萩芒水汲みに行く道一つ」などの、「老媼」からもらった「萩」や「芒」の記憶を組み込んだ一連の句が、やはり記憶として、重層的に内包されていくことになる。

一つの空間における現在の光景と過去の想起を、深い人間的な情感と関わらせながら構造化する「写生的随筆」の散文の文体を、子規は『小園の記』で確立した。『小園の記』における複雑な時間構造を内在させた文体は、「き」「けり」「ぬ」といった、古典文における時制の助動詞を、精緻に入れ子のように組み合わせることによって、複数の重層した〈今、此所〉を表現しうる新しい近代散文の構造を創出したのであった。

「なべての人」と異なる「我」の感覚

『小園の記』を執筆することで、「門を出づる能はざる」三年間を振り返った子規は「秋晴れ」の日々が続く中、「野に出でばや」「われも出でなんや」という外出への強い思いにかられる。「病ひつのらばつのれ、待たばとて出らるゝ日の来るにもあらばこそ」と決意を固め、人力車を呼ぶことになる。この秋の日の三河島方面への外出の記録が『車上所見』(『ホトトギス』一八九八・一一・一〇)である。

『小園の記』が静止点からの「写生」の表現方法だったとすると、『車上所見』は空間移動する「写生文」となる。
最後の外出かもしれないという覚悟を決めた中での、一瞬の出会いに対する、表現主体の強い思いを読者に手渡す、次のような表現。

我車のひゞきに、野川の水のちら〳〵と動くは目高の群の驚きて逃ぐるなり。あないとほし。目高を見るはわが野遊びのめあての一つなるを、なべての人は目高ありとも知らで過ぐめり。世に愛でられぬを思ふにつけていよ〳〵いとほしさぞまさるなる。

子規が「野遊びのめあての一つ」にしていた「目高を見る」ことが出来たときの、感動と喜びを凝縮した「あないとほし」。この形容詞の終止形は、「なり」「めり」「なる」という、断定、推定、推量をあらわす助動詞との鮮明な対比の中で際立っている。
注目すべきなのは、こうした表現主体の側の判断をあらわす助動詞の前に、複数の述語が配置されていることだ。引用の第一文では、「動く」「驚き」「逃ぐる」という三つの動詞が使われている。文の前半では「動く」の主語は「水」である。しかし断定の「なり」

は「逃ぐる」につけられているのだから、ここで文全体の主語は「目高」だと確定する。すると「水のちら〳〵と動く」原因は、「目高」が「驚き」「逃ぐる」からだった、という事後的な認識作用を結び、入れ子状の意味と視覚的イメージが確定する。

全ての述語の主語が「目高」なのだという認識が確定した直後に、「あないとほし」という感慨をあらわす言葉につながる。そして「目高を見る」という自分の目的が達成されたことが、その直後に感慨深く確認されるという言葉の順序になっている。子規は「目高を見」たゆえに、「目高あり」という認識を綴ることが出来たのだ。しかし、自分以外の「なべての人」、おおかたの普通の人々は、この「野川」に「目高」が生息していることに気づかず（「知らで」）に、ここを通り過ぎていくだろう、という思いを抱く。

「過ぐ」には通り過ぎる、通過するという即時的な意味と共に、時が過ぎる、生活するという、より永い時の経緯の意味をも含んでいる。

「なべての人」にとって、「野川」の「目高」の存在など、大した問題ではない。しかし、「わが野遊びのめあての一つ」として、「目高を見る」ことをあげていた子規にとって、それは二度とないかもしれない一回限りの、かけがえのない体験なのだ。その切実さがあったからこそ、「目高」たちと出会い、「いとほし」という感情を抱くことが出来たのである。「なべての人」たちと、自らの置かれている病の中での境遇の決定的な違いへの認識が、「世に愛でられぬ」「目高」たちへの「いとほしさ」をいっそう強めていく。

人力車は「千住の煙突」を「右」に見て、「谷中飛鳥の岡」を「左」に眺める道筋を走り、やがて「三河島」に辿りつく。再び「目高多き小川を過ぐ」あたりで、「螽（いなご）」が「いよく多く」なったところで、突然子規の記述の中で過去の光景が生々しく想起されることになる。表現主体の知覚感覚は、今における此所において、一気に過去の経験をフラッシュバックしてしまうのである。

此路、此螽、こはわが忘れんとして忘れ得ざる者なり。こゝに来て螽の飛ぶを見ては我はそゞろに昔を忍ばざるを得ざりき。今より四年前の事なり。世は日清戦争にいそがはしく、わが身を委ねし事業は忽に倒れ、わが友は多くいくさに従ひて朝鮮に支那に渡りし頃の其秋なりき。此時専らわが心を動かせしは新聞紙上の戦報にして、吾（われ）はいかにしてか従軍せんとのみ思へり。されどわが経歴とわが健康とはわが此願ひを許さるべくもあらねば、人にもいはず、ひとり心をのみ悩ましつゝ、日毎（ひごと）に郊外散歩をこゝろみたり。一冊の手帳と一本の鉛筆とは写生の道具にして、吾は写生的俳句をものせんとて、眼に映るあらゆるものを捕へて十七字に捏（こ）ねあげんとす。わが俳境のいくばくか進歩せし如く思ひしは此時にして、さ思ふにつけて猶（なお）面白ければ総（すべ）てのうさを忘れて同じ道をさまよふめり。

同じ「此路」で「此螽」の騒ぐ音に身を任せていた、日清戦争に従軍しようと考えながら「写生的俳句」を創出し、新しい俳句運動を興そうとしていた、あの意欲に満ちあふれていた、病を悪化させる前の「四年前」の「吾」の記憶を、子規はまざまざと蘇らせていく。その頃は、繰り返し「此路」で「此螽」を「友にしてうさをはら」していたのだ。

しかし、「支那に行」ったことで、「かへつて病を得て帰」った後は、一度も「こゝを見舞ふこともなかりし」と記される。「病」の年月が、「別天地」との対比で想い起こされ「思ひ乱るゝに堪へず」という状態になってしまう。「腰の痛み今は堪へ難くなりぬ」という、現在時の「今」における完了の助動詞によって、つかの間の外出は終りを告げる。末尾近くの「焼場の前に出づ」は、自己の死を意識した表現主体の自己認識と響き合う。
そしてこの空間的移動の写生文は、次のように締めくくられる。

三年の月日を寝飽きたるわが褥（しとね）も車に痛みたる腰を据うるに綿のさはりこよなくうれし。世にかひなき身よ。

「車に痛みたる腰」という言葉の中に、実は『車上所見』の空間的移動の全行程の、表現主体の身体への負荷が凝縮されているのである。
過去を想起しながら、子規は空間的にも時間的にも複数性と重層性を内在させた、新しい散文の文体を、自らの身体の痛みを媒介に、死と対峙する生の中で生み出していった。

第六章　「写生文」としての『叙事文』

近代文学者と活字メディア

一八九九（明治三二）年は、新年から『蕪村句集』輪講（五日）、俳句会（八日）と忙しく明けていく。前々年から『日本』に掲載していた俳句の年間批評を、この年、子規は『明治三十一年の俳句界』として、『俳句新派の傾向』と共に『ホトトギス』（一八九九・一・一〇）に掲載する。新俳句運動を推進する批評家としての文章は、夜を徹して執筆されたようだ。

病の悪化によって、夜なかなか眠れなくなっていた子規だが、徹夜明けの翌日の夜は「心地よく」眠れたようである。同じ号に『夢』という百字ほどの短文が載せられている。

○先日徹夜をして翌晩は近頃にない安眠をした。其夜(そのよ)の夢にある岡の上に枝垂桜(しだれざくら)が一面に咲いてゐて其枝が動くと赤い花びらが粉雪の様に細かくなつて降つて来る。其下で美人と袖ふれ合ふた夢を見た。病人の柄にもない艶な夢を見たものだ。

納得出来る仕事をした後の、充足した睡眠の中で、身体の疲労も回復したことによるのか、子規本人も「病人の柄にもない艶な夢」と恥じらうそぶりを見せながら、自分の身体に残っていた性的欲望の発見に、喜びすら表明している。

俳句や短歌の創作、それらの革新のための舌鋒(ぜっぽう)鋭い批評、そして新しい散文表現の実験。全て「書く」「仕事」は、子規にとって全身全霊を賭けた「事業」であった。

東京で発行する『ホトトギス』が、子規の全てのジャンルの文学事業の中心となっていった。

三月二〇日に、子規は漱石に久しぶりに手紙を書き送っている。「御無沙汰に過ぐるは寒気のためとほと丶きすのためとに有之候(これありそうろう)」と断ったうえで、近況報告をしている。

年始以来は全く寒気に悩され終日臥褥(がじょく)する事少からず時には発熱などあり全体に身体疲労致候ためほと丶きすの原稿思ふやうに書けず若(も)し四頁以上の原稿を書くとなるといつても徹夜致し、そして後で閉口致すやうな次第に有之候　小生は前より夜なへの方なれとも身体の衰弱する程愈々(いよいよ)昼は出来ず夜も宵の口は余り面白からず十一二時の頃よりやう〳〵思想活潑に相成候　徹夜の翌日ハ何も出来ず不愉快極り候　翌夜寝て其又の日は又原稿のために徹夜せざる可(べか)らざるやうに相成、月末より月始にかけては実に必死の体に候

子規にとって、言葉を発し、それを書き記すこと自体が、生きることとそのものになっていることが、この漱石宛の手紙から切実に伝わってくる。

「月末」から「月始」の大変な時期を乗りこえ、気候も暖かくなったから手紙もようやく書けるようになったということが、言外に伝わってくる。そして同じ手紙で子規は、「雑報」と称して、仲間の消息を伝えた後、「請願」と題して、「ほと丶きすへ何でも一つお書

き被下（くださる）まじくや」と漱石に原稿を依頼している。

この子規の依頼に漱石はただちに応じたようだ。この手紙から一ケ月後の四月二〇日に発行された『ホトトギス』第二巻七号に、「漱石」の筆名で、『英国の文人と新聞雑誌』という文章が発表されている。

子規の依頼は「材料はむつかしくてもやさしくても専門的でも普通的でも何でもよろしく候」というものであったが、漱石が投稿した文章は、イギリスの一七世紀後半から説き起こし、三十人を超える具体的な表現者について、「スペクテートー」をはじめとする代表的な雑誌や新聞との関わりで論じている。活字メディアとしてのジャーナリズムと文学の密接不可分な関係を、一八世紀から一九世紀にかけての大英帝国の政治状況との関わりにおいて明らかにした論文になっている。漱石はこの論文で、子規が雑誌『ホトトギス』で実践していることが、「文人」としての最も正統な道筋であることを読者に提示しようとしたのである。

漱石がこの論文の結論として述べている「段々発達して有ゆる種類の文学が新聞雑誌の厄介になると云（い）ふ時代になつた。是（これ）に連れて文学者と新聞雑誌との関係が漸（ようや）く密切に成つて来て現今では文学者で新聞か雑誌に関係を持たないものはない様になつた」という議論は、新聞『日本』における執筆活動から出発し、雑誌『ホトトギス』に多様なジャンルの表現を発表している正岡子規その人の存在形態そのものであった。

子規の実践している生き方こそが、近代の世界的な標準における「文学者」の在り方であることを、漱石は一八世紀から一九世紀の大英帝国の文学史をとおして、『ホトトギス』の読者に提示しようとした。そして『ホトトギス』という雑誌の誌上での言葉のやり取りが、遠く離れている漱石と子規を出会わせてもいたのである。

子規の体調が決まって悪くなる五月に入り、一九日付の手紙で、漱石は「本月分ほと、ぎすに大兄の御持病兎角よろしからぬやに記載有之御執筆もかなはぬ様相見候」と書き送っている。子規が雑誌に執筆をしていないということは、余程病状がよくないことのあらわれであると、ロンドンの『ホトトギス』読者としての漱石は判断しているのだ。

「人の感情に訴ふる」叙事文

年が明けて一九〇〇（明治三三）年、新聞『日本』で募集していた短歌の第一回の発表を一月一日に行った。そして一月二九日、二月五日、三月一二日と三回にわたって子規は『日本附録週報』に『叙事文』を執筆する。子規による写生文についての発言として、評価の定まった論文である。

これまでの『叙事文』についての評論で繰り返し引用されてきたのは、三月一二日付の、最後のまとめに入ったところだ。

> 以上述べし如く実際の有のまゝを写すを仮に写実といふ。又写生ともいふ。写生は画家の語を借りたるなり。又は虚叙（前に概叙といへるに同じ）といふに対して実叙ともいふべきか。更に詳にいはゞ虚叙は抽象的叙述といふべく、実叙は具象的叙述といひて可ならん。要するに虚叙（抽象的）は人の理性に訴ふる事多く、実叙（具象的）は殆んど全く人の感情に訴ふる者なり。

「実際の有のまゝを写す」という言い方は、ヨーロッパにおけるロマン主義に対抗して興った、写実主義としての「近代リアリズム」の典型的な認識を示しており、子規の主張をそうした系譜の中で位置づけることを可能にしてきた。また「写生」という概念が、「画家の語」であると定義されることで、「写生文」における視覚的描写が重視されてきた。

けれども、この『叙事文』による理論化に至るまでに、実際に子規が発表してきた散文の表現改革の軌跡を辿ってみると、視覚に限定することのない、あらゆる身体的知覚感覚による世界把握の経験を、どのようにして言葉による表象に転換してきたか、ということが方法論として強く意識されていたことがわかる。

つまり身体的な知覚感覚を媒介とした経験が、どのような言語表象と結びつくのかという、表現する側の過程と、どのような言語表象を実現すれば、読者の側の身体的知覚感覚に働きかけることが出来るのかという、読む過程の両方が子規の実践においては意識化されていたのである。

したがって、先の引用部分において、表現実践の方法として検討しておくべきなのは、「理性に訴」える「抽象的叙述」としての「虚叙」（概叙）ではなく、後半の、「感情に訴」える「具象的叙述」としての「実叙」についてである。

『叙事文』と文学的記憶

「虚叙」と「実叙」との違いについて子規は、一月二九日付と二月五日付の記事で詳細な具体例をあげながら明らかにしている。「抽象的」な論理としての「写実」「写生」ではなく、「具体的」な表現実践として『叙事文』をとらえ直すために、改めて具体例に即してみたい。

一月二九日の記事では、「須磨の景趣」の描き方が例にとられている。「山水明媚風光絶佳……」といった紋切型の表現が「何の面白味もあらざるべし」と却下され、さらに「須磨は後の山を負ひ播磨灘に臨み僅かの空地に松林があつてそこに旅館や別荘が立つて居る。砂が白うて松が青いので実に清潔な感じがする……」という表現も、少し「精密に叙し」ただけで「須磨なる景色の活動は猶見るべからず」と批判される。

「景色」自身が「活動」するように書くべきだと主張する子規は、次のような文例を提示する。

夕飯が終ると例の通りぶらりと宿を出た。燬くが如き日の影は後の山に隠れて夕栄のなごりを塩屋の空に留て居る。街道の砂も最早ほとぼりがさめて涼しい風が松の間から吹いて来る。狭い土地で別に珍しい処も無いから又敦盛の墓へでも行かうと思ふて左へ往た。敦盛の墓迄一町位しかないので直様行きついたが固より拝む気でも無い。只大きな五輪の塔に対してしばらく睨みくらをして居る許りだ。前にある線香立の屋台見たやうな者を手で敲いて見たり撫で丶見たりして居たがそれも興が尽きて再びもとの道を引きかへして「わくらはに問ふ人あらば」と口の内で吟じながらぶら〳〵と帰つて来た。宿屋の門迄来た頃は日が全く暮れて灯が二つ三つ見えるやうになつた。

すぐわかることは、描かれていく世界に身体を内在させている表現の主体が、明確に位置づけられていることだ。この描写を行っている表現の主体は、この場所の宿に旅人として宿泊している。第一文の「夕飯」と「ぶらり」という言葉が、具体的に世界の中に存在することを示し、身体的な知覚感覚によって世界をとらえていくことが可能になる。

引用部の末尾近く「わくらはに問ふ人あらば」という和歌の一節が記憶から浮かびあが

ってくる。在原行平が須磨に引き籠った際に詠んだとされる、『古今和歌集』の「雑下」の有名な歌の最初の五・七である。読者はただちに「須磨の浦に藻塩垂れつつわぶとこたへよ」と続けることになる。この瞬間読者は、場面内の表現主体と共に、共有している文学的記憶を想起する。文学的な記憶の蘇りにおいて、この「叙事文」を書く主体と読む主体とが同時に、「須磨」という名所としての地名を思い浮かべることになる。

この「叙事文」の具体例の後に記されている、「作者若し須磨に在らば読者も共に須磨に在る如く感じ」るためには、この文学的な記憶の想起の「作者」と「読者」における同時性が不可欠なのだ。その効果は単なる知覚感覚的描写によってもたらされるわけではない。重要なのは、書く側と読む側の過去の文学的記憶の共有による、言葉の〈今、此所〉をめぐる同時性と共存性の感覚なのである。

「わくらはに問ふ人あらば」から、「須磨の浦に藻塩垂れつつわぶとこたへよ」を想起した読者は、この歌の背後に在原行平の存在を認めないわけにはいかなくなる。すると、これまで何気なく読んできた、いくつかの言葉が、にわかに文学的記憶を呼び覚まし始め、やがて一つの像を結んでいくことになる。

「藻塩垂れつつ」の意味を了解すれば、海藻に海水をかけて塩分を多く含ませ、これを焼いてさらに水に溶かして、その上澄みを煮つめていくという、古くからの製塩法を読者は連想する。もちろん海藻に海水をかけることは涙を流すことの比喩なのだから、それは再び、ここで涙を流しながら失意の日々を送ったという在原行平の伝承を想起させる。「須磨」という地名はこの伝承と不可分だからだ。『源氏物語』の「須磨」の巻に、「行平の中納言の、藻塩たれつつわびける家ゐ近きわたりなりけり」とあるのも、そこから来ている。

在原行平が文学的記憶と共に前景にせり出してくると、第二文で夕日に照らされていた「塩屋」の視覚的像と、「松の間から吹いて来」た「涼しい風」の触覚的冷覚的像がただちに文学的記憶へと接合されていくことになる。なぜなら田楽能の『汐汲』をもとにした、観阿弥の原作を世阿弥が改作したと言われている、能の『松風』を想起させられるからだ。

「作者」と「読者」との記憶の共振

須磨を訪れた旅僧が、潮汲車を引いて塩屋に戻ってきた二人の海女の少女に一夜の宿泊を頼み、暮れ方に海女の旧跡の松を弔ったことを語る。すると二人の少女は、自分たちは在原行平に愛されていた松風と村雨という海女の霊だと、涙ながらに旅僧に告白する。そして松風は恋慕の思いに狂いながら、行平の形見である烏帽子狩衣（えぼしかりぎぬ）をつけて舞う、という演目である。

「読者」の側が、「作者」の使用した言葉に内在する文学的記憶の想起によって、場面内の〈今、此所〉を共有する叙述法として「叙事文」を考えるのであれば、子規による見本の実践具体例が、次のように結ばれていることに、理論的にも納得がいくであろう。

> 何であらうと不審に堪へんので少し歩を進めてつく〲と見ると真白な人が海にはいつて居るのであつた。併（しか）し余り白い皮膚だと思ふてよく見ると、白い著（ママ）物を著（ママ）た二人の少女であつた。少女は乳房のあたり迄を波に沈めて、ふわ〲と浮きながら手の先で水をかきまぜて居る。かきまぜられた水は小い波を起してチラ〲と月の光を受けて居る。如何（いか）にも余念なくそんな事をやつて居る様は丸で女神が水いたづらをして遊んで居るやうであつたので、我は惘然（もうぜん）として絵の内に這入（はい）つて居る心持がした。

場面内に身を置く表現主体、あるいは子規の言う「作者」としての「我」は、『松風』の旅僧、あるいは彼を超えて、在原行平に成り代っている。月が出て海原の波立っているところに目を凝らしてみると、「二人の少女」が「白い著物を著」て、「手の先で水をかきまぜて居る」ことがわかる。「二人の少女」とくれば、新聞『日本』の「読者」であれば、誰もが『松風村雨』の二人を連想するに違いない。『松風』として定着した能の演目は、古くは『松風村雨』とも言ったのである。

「読者」は「作者」と同じ言葉を仲立ちにして、その言葉に内在する文学的記憶、すなわち同じ言葉が歌、物語、軍記、能といった様々な文学ジャンルに引用されて来た、現在に至るまでの言葉の文学的な使われ方の全歴史過程を想像することによって、きわめて多層的な〈今、此所〉を共有しながら、文学的記憶を共振させることが可能になる。

「作者若し須磨に在らば読者も共に須磨に在る如く感じ」に続けて、「作者若し眼前に美人を見居らば読者も亦(また)眼前に美人を見居る如く感ずるは、此の如く事実を細叙したる文の長所」と子規が主張しているのは、このことなのである。「二人の少女」は遠くに見えているのであり、しかも夜の月明かりの中で、その「白い著物」が浮かびあがっているのだから、「眼前」でもなければ、ましてや「美人」であるかどうかは、この文章の描写の視覚性だけからは判断することは出来ない。

けれども『古今和歌集』の歌を記憶から蘇らせた瞬間から、「読者」は「作者」と共に、在原行平をめぐる伝承の、文学的記憶の総体を想い起こすことになる。すると、「二人の少女」を『松風村雨』に重ねてしまった以上、どう打ち消そうとしても、自分が想像しうる限りの「美人」でなければならなくなるのである。子規の文例の要には、「塩屋」であれ「松」であれ「風」であれ、「二人の少女」であれ、一つひとつの言葉それ自体に内在されている、地層のような文学的記憶の総体を、一瞬にして想起する想像力が位置づけられていた。そのことを、これまでのあまりに視覚中心の絵画論に傾きすぎた「写生文」論は見逃してしまっていたのではないだろうか。

共有経験の想起

『叙事文』の二回目が、『日本附録週報』に発表された一週間後の二月一二日、子規は「人に見せては困ル、二度読マレテハ困ル」と始まる「愚痴談」の手紙を熊本の漱石に書き送っている。表向きは先の記事が掲載された翌日から翌々日くらいに、漱石から「大金柑」が手紙と共に送られてきたことへの礼状である。しかし、実際は、冒頭の断り書きにあるとおり、病状の悪化と寒さで原稿が書けず、「落泪」ばかりしているという、文字どおりの「愚痴談」である。候文と言文一致体と、漢字平仮名交じり文と漢字片仮名交じり文が入り乱れた奇妙な長手紙になっている。

昼間は来客で原稿が書けない。夕方になると熱が出る。「時候ガヨケレハ」、熱を押してでも徹夜をして書くのだが、「此頃ノ寒サデハ迚モ出来ヌ」と述べた後、次のように続けている。

> 現ニ只今モサシタル熱ガナイヤウダカラ原稿書カウ今夜ハ徹夜デモスルゾト大奮発シテ先ヅ浣腸ト繃帯取替トヲスル（此二事ガ老妹ノ日々ノ大役ダ）　平生ナラバ小生ハ浣腸後少シ疲労スルノミニテ寧ロ安心スルケレド体ニ申分アルトキ又ハ痔疾ニ秘結ナド、クルト後ヘモ先キヘモ行カヌコトガアル　陸の葬儀ナドノタメ四日目ニ今日ハ浣腸シタケレド成績ハ中等デアツタガ少シ冷エテ風引イタカ咳ガ出テ来タ　折角ノ奮発ノ原稿ハカ

ケヌ　腹ガ立ツテ〳〵タマランノデモ腹ノ立チ処ガナイノデ貴兄ヘノ手紙認（したた）メルコトニ相成候　箇様ナ失敬ナ中条ナレド情願御許被下度候

漱石にしてみれば、なんとも迷惑な手紙である。原稿を書こうと「徹夜」する決意をして、その準備のために妹律に繃帯を「取替」てもらう際に「浣腸」をしたら、「四日目」だったので、おそらく排便までの時間がかかったのだろう、寒い中で「冷エテ」、「風引イ」て「咳ガ出テ」「原稿」が「カケヌ」状態になったので、「腹ガ立ツテ〳〵」しかたがないのだが、怒りの持って行きどころがないので、漱石に「手紙」を「認メル」ことにしたと子規は書くのである。

八つ当たりもいいところであるのだが、引用の末尾で過剰なまでに丁寧な書簡体の候文で「失敬」は承知のうえと言われてしまうと、受け取った方としては、ここまで読まされたことを後悔しつつ、にやりとするしかない。

もちろん、「浣腸」をして排便に至る経緯を詳細に報告するということ自体、余程親しい間柄でもなかなか出来ることではない。しかし、病床の子規にとって、排便することと、

「繃帯取替」は密接不可分で一体の、しかも毎日必ず行われる営みであったのだ。その切実さについて唯一「愚痴談」を書ける友人である漱石には、しっかりと理解しておいてもらわないと、「愚痴」の勘所を共有する読者にはなってもらえないのである。

まさに「叙事文」の要である、「作者」と「読者」との「感情」の共有という関係性が、この手紙でも強く意識されている。しかも、ようやく生まれた陸羯南（かつなん）の長男乾一が死に、その葬儀があったことをさりげなく示しつつ、それが「四日目」の「今日」、「浣腸」をしなければならないと判断した理由としてあげられている。

そして手紙の文面は、再び「金柑」の礼状の体裁を取り戻したかに見えながら、また同じ排便の話題の少しずれた形に移行していく。すなわち再び夕食後の「浣腸、繃帯替」にゆり戻して、これに長い括弧付きの注釈が付されることになる。

（此二ツガ同時ニ行ハネバナラヌ事故下痢症ニ掛ツタトキハ何トモ致方ナク非常ノ困難ヲ窮（きわ）メ候　此時ハ浣腸ハ不用ナレド「サア糞（くそ）ガシタイ」トイフテカラ尻ノ繃帯ヲ取リハヅシお尻ヲ据ヱル迄ニ早クテ五分、遅クテ十五分ヲ要シ候　其五分乃至（ないし）十五分間糞ヲコ

ラエル苦ハ昨年始メテ経験致候　屎ヲスル際ニ時々貴兄ガ兄上ノ糞ヲトラレタトイフ話ヲ思ヒ出シ候）

「感情」を共有する一つの前提は、共通の記憶を同時に想い起こすことにある。先の排便の話題は、三日間便秘だったので「四日目」に「浣腸」したということであったが、この括弧付き注釈では、その逆の「下痢症」の場合、排便と「繃帯替」を「同時ニ行ハネバナラヌ」身の不自由さと辛さを訴えているのである。そして、そのような辛さは、病が悪化し、ほとんど寝たきりの状態になった「昨年」から始まったのである。

最早治るなどという望みは一切断たれ、ひたすら悪化し、死に向かっていくだけの病の中にあることを、改めて自覚しなければならない方向に筆を進めてしまった子規は、ここで漱石と共有していた記憶へと話題を転換する。「貴兄ガ兄上ノ糞ヲトラレタトイフ話ヲ思ヒ出シ」たと子規は書く。

関係の始まりの記憶

漱石が子規に、自分の兄の「糞ヲト」った話をいつしたのかは定かではない。しかし、そのような話が、子規と漱石の書簡のやり取りが始まったばかりの頃に交わされたであろうことは、容易に推察出来る。

漱石から子規に宛てられた現存する最も古い手紙は、本書の始まりで言及した一八八九（明治二二）年五月一三日付の、子規の「喀血（かっけつ）」を心配し、見舞いに行った後、医者をかえて、「第一医院」で「診断」を受けることを勧めるものであった。その手紙の末尾で漱石は「僕の家兄も今日吐血して病床にあり」と記し、「斯（か）く時鳥（ほととぎす）が多くてはさすが風流の某（それがし）も閉口の外なし呵々（かか）」と結んでいた。

ここでの「家兄」とは、兄夏目直矩（なおただ）である。だが、「兄上ノ糞ヲトラレタトイフ話」は、この「家兄」のことではないと考えられる。漱石はその二年前の一八八七（明治二〇）年の三月に長兄大助を、六月には次兄直則を、いずれも肺結核で失っている。結核という病の話に及んだとき、いずれかの兄の看病のときのことにふれて、漱石は子規に「兄」の「糞」を「ト」った話をしていたのであろう。

しかし重要なのは、ここで子規が漱石との間で手紙のやり取りが始まった、その始まりの時点の記憶に立ち戻りながら、それを現在時において想い起こすことによって、漱石との間での、書簡という形式に基づく、全ての関係性の記憶を、丸ごと振り返っているということだ。別の言い方をするならば、この手紙の執筆過程それ自体が、漱石という特別な読者を二人称の受け手として設定した、『叙事文』で述べていたところの、病床にある「作者自身の実験を写」す方法が編み出されていく過程なのである。

　先の括弧内の注釈を書いた後、子規は再び漱石宛の手紙を書く理由を強調している。「此浣腸繃帯替スミ、イザ原稿トイフ処デ咳、ソコデ此手紙ト、カウイフ都合デ、此後デ原稿ガ出来ルカ出来ヌカヾ問題ナリ」。漱石との書簡のやり取り全体をめぐる長い射程の記憶の想起と、ほかでもないこの手紙における短期の記憶の想起が重層された段階で、改めて「コンナコトヲ高浜ナドニイヒ玉フナ」と、漱石が特別な選ばれた読者であることを強調して、この手紙の「作者自身の実験」に、読者である漱石を引き込んでいくのである。

　「日本」ハ売レヌ、「ホト、キス」ハ売レル、陸氏ハ僕ニ新聞ノコトヲ時々イフ（コレハ只材料ヤ体裁ナドノコト）ケレドモ僕ニ書ケトハイハヌ、「ホト、キス」ヲ妬(ねた)ムトイフヤウナコトハ少シモナイ、僕ガ「ホト、キス」ノタメニ忙シイトイフコトハ十分知ッテ居ル故……………………………………………………(此間落泪)

手紙の文字面で一行以上にわたって点を打った即物的空間性によって、自らが「落泪」していた時間を表象するという、二次元の文字を読者との間で三次元化し、「此間落泪」という四文字で空間性を時間性に変換し、四次元化している表現方法だ。

おそらく、この長い点線を、便箋に一点一点打っていく過程において、子規は「叙事文」で主張すべき表現方法の最も重要な命題を、書くという行為、いやむしろ筆記するという実践の中で考えていたのであろう。そしてただちに、この方法に新しい可能性を見出(みいだ)していくことになる。

しばらくして、子規は、「僕ハ「落泪」トイフ事ヲ書イタノヲ君ハ怪ムデアローガソレハネ斯ウイフワケダ」と、候文から言文一致体へと文体を転換しながら、漱石と学生時代に行った眼医者の記憶を蘇らせ、その後に「勿論(もちろん)咯血後ノコトダガ」と、手紙をやり取りするようになってからの二人の文通史的記憶に言及し、そのとき漱石から「鬼ノ目ニ涙ダ」と言われたことを子規は想い起こす。続けて、日清戦争従軍で決定的に病を悪化させたことについて、「神戸病院ニ這入ツテ後ハ時々泣クヤウニナツタ」と述べ、「近来ノ泣キヤウハ実ニハゲシクナツタ」と現在に至るのである。

僕ガ生キテ居ル間ハ「ホト、キス」ヲ倒サヌト誓ツタコトガアルト思フトモー涙ガ出ル……………………（落泪）日本新聞社デ恩ニナリ久松家デ恩ニナツタト思フテモ涙、叔父ニ受ケタ恩ナドヲ思ヘバ無論泪（なみだ）、僕ガ死ンデ後ニ母ガ今日ノヤウナ我儘（わがまま）ガ出来ナイダラウト思フト泪、妹ガ癇癪（かんしやく）持ノ冷淡ナヤツデアルカラ僕ノ死後人ニイヤガラレルダラウト思フト涙、死後ノ家族ノ事ヲ思フテ泪ガ出ルナゾハヲカシクモナイガ、僕ノハソンナ尤（もつとも）ナ時ニバカリ出ルノデナイ。

この漱石宛の手紙における「泪」をめぐる「愚痴談」の文章について、粟津則雄氏は「この子規の文章は何とも無類のものだ」、「そのことばのひとつひとつを通してはっきりと漱石の方に歩み出ている」（和田茂樹編『漱石・子規往復書簡集』「解説」岩波文庫、二〇〇二）と絶賛している。つまり、この文章を構成している「ことばのひとつひとつ」が、「作者」子規の「愚痴」にとどまることなく（粟津氏はこのことを「愚痴に特有の自分の思いだけにかまけたところはいささかもない」〈同前〉と表現している）、「読者」である「漱石の方」に「歩み出」す働きを持っているのである。

粟津氏は「泪」の機能にも注目している。「泪」が「頻出するが、感傷的なところ湿っぽいところはまったくない」、「泪」を「こぼす自分を面白がってでもいるような生き生きとした好奇心の動き」があり、そして自分の「泪」の「質に対する正確な見定めがここにはある」という指摘は、子規の「叙事文」的表現の要を押さえている。

「落泪」の写生文

「感傷的」でも「湿っぽ」くもないのは、子規の「泪」が、自分の内側に閉じておらず、他者との関係性に開かれているからだ。「ホト、キス」を「倒サ」ないという決意は虚子や碧梧桐（へきごとう）、「日本新聞社」は陸羯南、「叔父」は陸と司法省法学校で同期だった加藤拓川、そして母と妹。長い友人としての関わりを続けてきた漱石にとっては、子規との関係の記憶全体を想起させられる人々が「泪」でつながれている。子規と最も親しい他者へ思いを開く「泪」なのだ。

自分が今日まで生き延びてくるにあたって世話になってきた他者との関わりを、読者である漱石と共に記憶から蘇らせながら、その他者のことを思うたびに「泪」を流してきた「自分を面白がってでもいる」かのように子規は文字を書きつけている。そして母と妹に言及するあたりで、自分が「死ンデ後」のことに言及する。ここには確かに子規の「生きとした好奇心」が、「漱石の方」に向かって動いていると言えよう。

そして、自分の場合「尤ナ時ニバカリ」「泪」が「出ル」わけではないと宣言した先の引用部の後に続く「家族ノ事ナドハ却テ思ヒ出シテモ泪ノナイ事ガ多イ。ソレヨリモ今年ノ夏、君ガ上京シテ、僕ノ内へ来テ顔ヲ合セタラ、ナド、考ヘタトキニ泪ガ出ル。ケレド僕ガ最早再ビ君ニ逢ハレヌナド、思フテ居ルノデハナイ。併シナガラ君心配ナドスルニハ及バンヨ。君ト実際顔ヲ合セタカラトテ僕ハ無論泣ク気遣ヒハナイ。空想デ考ヘタ時ニ却々泣クノダ」というあたりは、まさに自分の「泪」の「質に対する正確な見定め」がされているところである。

しかも世話になった年長者をあげ、家族にふれ、自分の死後のことを考えての「泪」について書いたうえで、「読者」である漱石と再会したときのことを考えての「泪」について言及するのだから、特別な親しさの中に文章の書き手と読み手が位置づけられていく。また自分の死後の、母や妹について、それとなく漱石に精神的支えになってもらいたいと依頼をしているとも受け取れ、半ば遺言状のようになっている。だからこそ逆に、「再ビ君ニ逢ハレヌナド、」は思っていないと断ってもいるのである。

このように「読者」である漱石との、きわめて双方向的な働きかけ合いの中で、「感情」を共有するための叙述の方法が「作者」子規によって実践されていたのである。この手紙で実現された「落泪」の写生文は、子規の「叙事文」の理論化に重要な貢献をしたことが明確になる。

三月一二日付の『叙事文』の結論部で最も重要だったのは、「写生」でも「写実」でもなく、「実叙」が「殆んど全く人の感情に訴ふる者」という認識が示されたことである。「読者」の側に、どのような「感情」を「起さしめ」ることが出来るかが重要なのだ。「読者」に「愉快な感じを起す」表現、「一言にして著き感動を読者に与へ得」る表現、それが「叙事文」なのだ。

『叙事文』の最終回が『日本附録週報』に掲載される九日前の三月三日、子規は漱石に「小包にて小雛さし上候」と始まる書簡を書いている。漱石の長女筆子の初節句にあたって、「熊本の雛祭ハ陰暦ニ違ひない」と考えて、雛人形を贈ったのである。新しく生まれた命に対するささやかな、しかし心のこもった祝福。そしてその手紙の中で「此頃ハ何もせずに絵をかき居候」と、写生画を手がけていることを報告し、「一枚見本さしあげんかとも存候へど大事の秘蔵の画を割愛して却て笑はれるのも引き合はずと其ま、秘蔵、ひとりながめて楽居候　呵々」と続けている。自分の絵を漱石に見てもらいたくてたまらない子規の思いと、初心者の自信のなさゆえのゆらぐ気持ちがあらわれている。

　しかし六月には、紫のあずま菊の自筆の絵の左側に「あづま菊いけて置きけり／火の国に住みける／君の帰りくるかね」という歌を添えて贈っている。絵の右脇には「コレハ萎ミカケタ処ト思ヒタマヘ／画ガマヅイノハ病人ダカラト思／ヒタマヘ嘘ダト思ハヾ肱ツイテカイ／テ見玉へ　規」と記されていた。

「あづま菊」を写生した絵と書き添えられた文とが一緒になることで、同時にそれを写生している病床の子規の身体状況の写生にもなっているという、「読者」漱石の「感情」に、「作者」として全ての方法を使って働きかける表現実践となっているのだ。

六月二〇日付の橙（だいだい）の礼状には、漱石がロンドンに留学することを知ったことを、「御留学之事新聞にて拝見」と記したうえで「からだ尋常ならず独りもがき居候」と病状を伝え、「小生たとひ五年十年生きのびたりとも霊魂ハ最早半死のさまなれは全滅も遠からす」と弱音を記している。漱石が「上京」することを「心待ニ」しているが、手紙の末尾に「年を経て君し帰らは山陰のわかおくつきに草むしをらん」と、それが最後の面会になるかもしれないと書きつけてもいたのである。「おくつき」とは『万葉集』の時代の言葉で、奥の場所、すなわち魂や霊のおさまり鎮まる墓所のことだ。

第七章　病床生活を写生する『明治三十三年十月十五日記事』

写実的な小品の実践

一九〇〇（明治三三）年七月二三日に子規のもとを訪れた漱石は、留学先のイギリスへと九月八日に横浜港から出発した。『ホトトギス』は創刊から四年目を迎えていた。『ホトトギス第四巻第一号のはじめに』（『ホトトギス』一九〇〇・一〇・三〇）で、子規は創刊以降のことを振り返り、東京で「二年程やつて」きた成果について、次のように述べている。

ホトトギスが発行せられていよ〳〵俳句の進歩の上に一段の速力を加へたといふ事も多

くの人が認められた事と信ずる。其外にホトトギスが力を竭した者は小品文である。それには課題を出して募集したやうな小品文もあるが、最も骨を折つたのは写実的の小品文であつた。

四年目に入っていた雑誌の最近の重点は「写実的の小品文」にあると子規は宣言している。『叙事文』での主張を、『ホトトギス』という雑誌の方針の中心に据えていたのである。「自分」は「年中病床に在」り、「屋外の写実が出来ぬので甚だ残念」だとしながらも、「外の人は熱心に研究しつゝある」と、『ホトトギス』同人たちの「写実的の小品文」へのとり組みを宣伝する。この頃から「読者」に「実物」や「実事」を「感ぜしむるやう」な、「山」のある文章を書き発表する「山会」を子規は同人たちと開くようになる。

こうした「写実的の小品文」の一つの実践形態としての「日記」を募集し、投稿日記への手入れを行っているある一日の病床生活を、子規自身の「日記」として発表したのが、『明治三十三年十月十五日記事』（『ホトトギス』一九〇〇・一一・二〇）である。

「余が病体の衰へは一年々々とやう〳〵にはなはだしく此頃は睡眠の時間と睡眠ならざる

時間との区別さへ明瞭に判じ難き程なり」と書き始められる「記事」は、「五時頃」の「今朝」の「眼さめ」から始まって、時間を追って一日の出来事が記されていく。

「母」親が起きたようなので、「雨戸を明け」てもらう。「ガラス戸にや、背を向け」て、秋の明け方の光をとり込みながら、「母が枕もとに置」いていってくれた新聞を読む。まず『日本』からはじめ、『時事新報』、『大阪毎日新聞』、そして『海南新聞』と、「一時間半」から「二時間半」をかけて読む。その頃には「朝日」が「照」り始めて、濡れた「葉雞頭」が「うつくしく心地よし」という状態になる。

「妹に繃帯取換を命ず」とある。二月一二日の漱石宛の手紙では、この「繃帯取換」が毎日大変であることが強調されていたことを思い出しておこう。しかし繃帯を換える前に来客があり、応対しているうちに、陽の光は「ガラス戸ごしに寝床の際迄一間程さしこ」んできて、昼近くなっている。「心地よくしかも疲れを覚ゆ」とある。朝食は食べないので、「昼飯待たる、なり」と記している。やがて「母」が「ブリキの金盥」と洗面用具を持って来る。「これにてかたばかり顔を洗ふ。寝て居て顔は洗へぬものなり」。絶妙なユーモアに包んでいるが、寝たきりの病人の不自由さが、読む者に身体感覚的に伝達されていく。

待ちに待った「御馳走」を「母」が「運び来る」。この日のメニューは「あたゝかきやはらかき飯、堅魚の刺肉、薩摩芋の味噌汁の三種」である。「皆好物なるが上に配合殊に善ければうまき事おびたゞし」という一文からは、子規の味覚的な喜びと、空腹が一つひとつ満たされていく内臓感覚の充足が読者に伝わってくる。おどろくほどの子規の食欲が「飯二碗半、汁二椀、刺肉喰ひ尽す」という叙述にあらわれている。普通の文章であれば何ら「感情」表現にはならないはずの数詞が、子規の食欲が満足していく快感と喜びの表現になっているのである。

食べ終って「硯箱、原稿紙、手入すべき投書」を枕元に運んでもらうのだが「喰ひ労れに労れたれば筆を取る元気もなくて又枕に就く」からは、どれだけの勢いで食事をしたかということと、病人は食事をするだけで体力を消耗すること、そして仕事をしようと思ったものの、その体力が残っていなかったことに直面した落胆とが、短い表現ではあるが、正確に読者に伝えられている。

「死声」をあげる痛み

ここでようやく、留保されていた「妹」による「繃帯取換」が始まることになる。

[1]暫(しばら)くして妹は箱の上に薬、膿盤(のうばん)などを載せ、張子の浅き籠(かご)に繃帯木綿、油紙、綿などを一しよに載せ持ち来る。／[2]母はガラス戸に窓掛を掩(おお)ひ、襖(ふすま)を尽(ことごと)くしめきりて去る。／[3]これより繃帯に取りかゝるなり。／[4]余は右向きに臥(ふ)し帯を解き繃帯の紐(ひも)を解きて用意す。／[5]繃帯は背より腹に巻きたる者一つ、臀(しり)を掩ひて足に繋ぎたる者一つ、都合二つあり。／[6]妹は余の後に在りて、先(ま)づ臀のを解き膿(うみ)を拭ふ。／[7]臀部(でんぶ)殊に痛み烈(はげ)しく、綿をもてやはらかに拭ふすら殆(ほとん)ど堪へ難し。／[8]若(も)し少しにても強くあたる時は覚えず死声を出して叫ぶなり。／[9]次に背部の繃帯を解き膿を拭ふ。／[10]こゝは平常は痛み少く、膿を拭はるるは寧(むし)ろ善き心持なり。／[11]（左の横腹に手を触れ難き痛み所あり）／[12]膿の分量も平日に異ならずとぞ。（引用者註：後の表現分析のため各文に番号を付した）

介護される現場の写生文であり、読む者までがうめき声をあげたくなる痛覚の写生文でもある。述語は動詞の現在形の終止形を軸としながら、断定の助動詞「なり」が、要所に使われている。この文末の組み合わせによって、ほかならぬ「明治三十三年十月十五日」の一回的な出来事と、毎日の日課として繰り返し反復されているところの「繃帯取換」が、同時に読者に伝達されるような文章構造になっているのだ。

第一文（右の引用部の各文頭に付した番号に対応）では妹の律が、「繃帯取換」の道具一式を持ってやって「来る」。母がなぜか「窓掛」で「ガラス戸」を「掩ひ」、「襖」を全部「しめき」って「去る」のが第二文。第三文の「これより繃帯に取りかゝるなり」という説明によって読む者は、ここまでが準備段階で、その次からいよいよ「繃帯取換」が始まるという、読む意識の方向づけをされていく。同時に、一回的な行為ではあるが、それが毎日繰り返されていることだという意味を改めて受け取ることにもなる。

第四文の主語は「余」になって、「右向き」に姿勢を変え「繃帯の紐を解」いて、「用意す」るのである。第五文では、「繃帯」が背中から腹へと、臀から足への「二つ」あることが示される。ここで読む者は、なぜ母親が「ガラス戸に窓掛を掩」ったのかを事後的に理解する。繃帯をとれば臀部や性器がむき出しになるのだから、外から見えないようにするのである。しかし、「褌」まで全部「しめき」る理由はまだわからない。この読む者の感情の傾きへの仕掛けが、第六文以後を読み進めていくうえで重要な方向づけとなる。

第六文で主語は「妹」に転換し、「余」は目的語にされ、「先づ臀」の繃帯から解かれ、「膿」が「拭」われていく。第七文では「余」の「痛み」の強さが「堪へ難し」と形容され、第八文の「死声を出して叫ぶなり」に接続する。ここで読む者は、「褌」が「尽くしめき」られた理由を正確に理解する。子規の「死声」が隣近所に聞こえないようにするための、母の配慮だったのである。そしてこの「なり」で終る第八文においてこそ、一回的なこの日だけの出来事だったはずの記述によって、何度も反復されてきた、一連の手順で行われてきた「繃帯取換」の日々と年月の、母と妹による介護の持続が一気に表象されることになる。

なぜなら第八文は仮定表現「若し」から始まっており、「少しにても強くあたる時」とそうではないときに、それまでの「繃帯取換」の日々を分けることになるからである。実際この日がどうだったのかは実は記されていない。これまでの「繃帯取換」の日々における「少しにても強くあたる時」の反復が、「死声」の反復ともなり、それゆえ母は「襖を尽くしめき」るようになったという、介護者と被介護者の、介護の日々の来歴が同時に表現されているのである。

つまり「死声を出して叫ぶなり」という、断定の助動詞で結ばれている第八文によって、被介護者としての子規の、介護者である妹律に「繃帯取換」をしてもらい続けた日々の記憶が、自らの永い病床生活全体として蘇(よみがえ)ってきているのである。そうした被介護者としての子規の「痛み」と「死声」の記憶の、文字どおりの背後には、「繃帯」を「取換」続けてくれた介護者である、妹の律が常に存在し続けていたことも、読む者の胸に伝わってくる。

第九文では、「背部」の「繃帯取換」となる。第十文の「痛み少く」という表現で、読む者は少しそれまでの緊張を和らげ、「善き心持なり」でさらにほっとする。だが一本目の繃帯が「死声」をあげる「痛み」で、二本目が常に「善き心持」なのかというと、決してそうではない。ここで使われている断定の「なり」は曲者だ。括弧の中の第十一文には「左の横腹に手を触れ難き痛み所あり」とある。二本目の繃帯は「背より腹に巻きたる者」

なのだから、背は「善き心持」でも、背から腹へ移行する「横腹」には「痛み所」があるのだ。したがって「善き心持」は、「繃帯取換」の間の一瞬に過ぎない。さらに「善き心持」になるのは「平常」の場合であって、なにか特別な場合にはここも痛むのである。痛みはないわけではなく、「少」ないだけなのだ。

背中の様子を鏡で見る

「膿の分量」が、「平日に異ならず」と第十二文で判断しているのは、「とぞ」という文末詞から妹の律であることがわかる。介護者律の存在が前面に押し出された瞬間、被介護者子規からの、自分を介護し続けてきてくれた、妹律と母への感謝の気持ちすら、読者には伝わってくるのである。

ここまでの叙述は「明治三十三年十月十五日」の「繃帯取換」に限定されていたが、「平常」あるいは「平日」という語によって、病が悪化してから何年間も繰り返された、この日に至るまでの毎日の「繃帯取換」の記憶が呼び寄せられることになる。「繃帯取換」は「妹」律が担い続けてきた「毎日の仕事」なのである。

律は、「毎日」毎日、子規の「後に在りて」、「臀」から「背」「腹」と「膿を拭」い続けてきたのである。その「毎日」の介護の積み重ねがあるからこそ、今日の「膿の分量」が「平日に異ならず」ということを、律は兄に伝えることが出来るのだ。先の引用に続けて、子規の「記事」は、過去の記憶に及んでいく。

されど平日の分量といふがどれ程の者か余は知らず。其外痛み所の模様など一切自分には分らぬなり。三年程前に、ある時余は鏡に写して背中の有様を窺はんと思ひ妹にいふに妹頻りに止めて聴かず、余は強ひて鏡を持ち来らしめ写し見るに、発泡の跡、膿口など白く赤くして、すさまじさいはんやうもなく、二目とは見られぬ様に、顔色をかへて驚きしかば、妹は傍より、「かさね」のやうだ、とひやかし、余は痛く其無礼を怒りたる事あり。これに懲りて其後は鏡に照したる事もなけれど、三年の間には幾多の変遷を経たれば定めて荒れまさりたらんを、贔屓目は妙なものにて、今頃は奇麗な背に奇麗な膿の流れ居るが如く思ふこそはかなき限りなれ。

確かに「膿を拭ふ」のは妹の律で、子規は「膿を拭はるる」だけであり、しかも自分では見ることの出来ない「臀」や「背中」の「膿」であるのだから、「平日の分量」が「どれ程」なのか、「知らず」という状態に置かれているのは当然のことだ。「痛み所」も「臀」と「左の横腹」だから、やはり自分で確認することは出来ない。けれども「三年程前」に、子規は「鏡に写して背中の有様を窺」おうとしたことの記憶を蘇らせるのだ。確かに一八九七（明治三〇）年九月二一日の日記（『病床手記』）に、「昨日医師ノ話ニ臀ノ下ノ痛ミノ処二ケ処イヨ〳〵穴アキタリト二三日前ヨリ膿出初メタルナリ」という記述がある。「医師ノ話」を受けて、妹律に鏡を持ってこさせようとしたのだろう。

しかし、律はすでに「穴アキタリ」という「臀」の状態は、よく見知っていた。その悲惨な傷を見知っている律だからこそ、「頻りに止め」たのだ。それでも子規は律の言うことを聞かず、彼女に無理矢理「鏡を持ち来らしめ」て、「背中の有様」を「写し見」てしまうのである。その「いはんやうもなく、二目とは見られぬ様」に、子規自身が「顔色をかへて驚」いてしまうのである。動揺を隠せない兄に、妹は、その「膿口」の「すさまじさ」を、「かさね」のようだと「ひやかし」たのだ。兄は「無礼」であると「怒り」を爆発させたらしいが、その形容が「痛く」というあたりから、子規独特のユーモアに包まれていく。

この衝撃的な「三年程前」の「鏡に写」った「白く赤く」なっていた「膿口」の記憶を想起している三年後の現在の子規は、「三年の間」の「幾多の変遷」という形で、そのとき以来の闘病生活全体を振り返っていることになる。もちろん「幾多の変遷」とは、妹律に「毎日」「膿を拭」い続けてもらった被介護者の日々の記憶の想起でもある。律という妹と、兄である自分との言葉のやり取りを、『ホトトギス』の読者に伝えているということを考慮に入れると、文末が「こそ」「なれ」と係り結びになり、古雅な調子を出している表現法に気づく。一気におよそ千年の「かさね」をめぐる文学的記憶が作動し始め、先に述べた子規独特のユーモアに読者ははたと出会うことになるのだ。ここにも、大江氏が指摘していた「デモクラティック」な表現の達成がある。

妹律が言った「かさね」のようだという一言は、明治三〇年代の読者にとっては、まず三遊亭円朝の怪談噺（ばなし）『真景累ケ淵（かさねがふち）』の「累」を想起させるであろう。下総（しもうさ）国羽生村の百姓与右衛門の妻で、夫に鬼怒川で殺害され、彼女の怨念（おんねん）がずっと祟（たた）るという伝説が基になっていて、さらに一〇〇年ほどさかのぼると『伊達競阿国戯場』にもこの伝説が織り込まれている。醜さの象徴のような女性として「累」は位置づけられてきた。

しかし、こうした「かさね」の連想は江戸時代以後の集合的記憶であり、「重ね」あるいは「襲」は、衣服を重ねて着ることを意味し、「下襲」の袷としての「かさね」であれば、束帯のとき、袍や半臂の下に着た衣で、背後の裾を長くして、袍の下に出して引いたまま歩いたりし、その地紋や色目は、職階や季節できまりがあったという、千年来の言葉の記憶が想起され、そこに至れば「奇麗な背に奇麗な膿の流れ居るが如く思ふ」という子規の連想に納得がいくのである。

その瞬間、「明治三十三年十月十五日」における兄子規が、「三年程前」の妹律の発した「かさね」という言葉に、三年前は「怒り」を発していたにもかかわらず、今は三年間の記憶と共に、「奇麗」なイメージへ転換させ、心身の緊張を解く機能を発揮しているという劇的な変化に読者は出会うのである。そのような表現の構造において、兄は妹に感謝を捧げているとさえ思われる。

「介護労働」の現実

毎日繰り返される「繃帯取換」の、この日の終り方は、次のように叙述される。

膿を拭ひ終れば、油薬を塗り、脱脂綿を掩ひ、其上に油紙を掩ひ、又其上に只(ただ)の綿を掩ひ、其上を又清潔なる木綿の繃帯にて掩ひ、それにて事済むなり。此際浣腸(かんちょう)するを例とす。今日は浣腸せず。便通善し。毎日の此日課に要する時間は凡(およ)そ四五十分間なるべし。此頃の如く痛み少き時は繃帯取換は少しも苦にならずして寧ろ急がるゝ程なり。そは、繃帯取換後は非常に愉快にして、時として一二時間の安眠を得る事あるに因る。

ここまで読み進めて、読者は、先に読んだ「繃帯を解き」という、五文字で示されていた妹律の作業がどれだけ大変だったのかを、改めて再確認させられることになる。まず「木綿の繃帯」を「解」く。ここでわざわざ「清潔なる」という形容を入れるのは、「解」くときの「木綿の繃帯」が不潔になっていることとの対比を強調するためだ。膿は「脱脂綿」や「油紙」さえからも「繃帯」に滲(にじ)み出して来ているのだ。

「繃帯」を「解」いた後は、次の「綿」を取り、「油紙」をはずし、最後に傷口に直接あてられている「脱脂綿」を取り除くという四つの作業が、「繃帯を解き」という五文字の中に組み込まれていたことに読む者は改めて気づかされる。

傷口に直接あてられている「脱脂綿」を取り除く作業自体が「膿を拭ふ」ということだった、ということにも……。そこまで気づいて、改めて、そのときの痛みはどれほどのものだったのかということに思いを馳(は)せて、子規の痛覚へ読者は想像力をのばすことになる。「繃帯を解き」という作業の内実、妹律の介護労働の現実と子規の痛みへの、改めての気づきを媒介にして自らの身体感覚を開かされた読者は、同時に「繃帯取換」に排便が連動していたことを知らされるのである。いつも「平日」ならここで「浣腸する」のだが、「今日」は「便通」が「善」かったので、「浣腸」はしないで済んだのである。「繃帯取換」と「浣腸」(「便通」)が対になって「毎日」の「日課」となり、それを全てこなすには「四五十分間」かかるのである。

特別なことが起こらない平和な一日

この後に、『明治三十三年十月十五日記事』という文章自体について自己言及する記述があらわれる。

惘然と休み居る内、ふと今日は十月十五日にしてホトトギス募集の一日記事を書くべき日なる事を思ひ出づ。今朝寝覚には一寸思ひ出したるが其後今迄全く忘れ居しなり。余も何か書かんと思ひ居し故今日は何事かありしと考ふるに何も書くべき事なし。実に平凡極る日なり。来客も非常に少く、其他家内にも何一つ事も起らぬと見ゆ。

『ホトトギス』で「募集」している「一日記事」を書かねばならない「十月十五日」が「今日」なのだと、「寝覚」のとき以来「忘れ」ていたことを、二度目に想起したのは、「最早四時を過ぎ」た段階である。今現在進行形で読んでいる文章それ自体についての自己言及がなされる場において、この文章の奇妙な構造に読者は気づかされることになる。

今、自分が読んでいる文章は、その文章で記述されている「四時を過ぎ」た時点では、いまだ書かれていなかった、という逆説に読者は直面させられる。

「何も書くべき事なし」と言っているが、これまで読まされてきたものは、いったい何だったのだろうか。逆説は複数化し多層化していく。この日一日だけの特別な出来事は何も起きていないが、「三年」以上「毎日」反復し続けてきた「日課」こそが「記事」の中心に据えられていたことを改めて読者は強く意識させられる。妹の介護を受け始めてからずっと、この繰り返しだったのだ。大切なのは「平常」であり、「平日」の繰り返される病床の日常なのである。

夕食後、子規は「発熱」してしまう。「元気よき時は三十九度の熱ありながら筆を取りて原稿を書く事すらあり」と「病気」になる前のことを口惜しそうに想い起こしている。熱は「三十八度一分」。「此頃の衰弱」状態では、このぐらいの熱でも「二三時間は、うめきつ、もがきつする」ことになる。「一日記事」はしばらく書けないだろうことを読者は理解する。

気をまぎらわすために、雑誌を読み始めるが、すぐ終ってしまう。子規は「談話して苦痛を紛らさん」と母を呼び、翌日の夕食の「御馳走は何にしよう」という相談をする。メニューを一つひとつ決め、食後の「菓子」のことも話し合う。しかし、その「相談」も済んでしまう。

又独になりて、今日の日記の事思ひ出す。これ位波瀾なき平和なる日は一ケ月に二日とは無きに丁度それが日記の日に当りたるは不運なり。併し余は曾て人に見するにはあらで自分の一日の生活を極めて詳細に書きて見たしと思ひし事あり、其後、志を果さゞりしが今此機を利用して今日の記事を書かんには平和なる日こそ却て自分の境涯を現すに適すべけれ。之を雑誌に載せんは余りに人を馬鹿にしたる事なれど之を以て消息に代へんには妨げなかるべきか。

特別なことが何も起きない「平凡極る日」で、書くことがなく「不運」だと思っていたそれまでの発想を、子規は逆転させる。特別なことが一切起こらない「平和なる日」だからこそ、病床についてからの「平日」の「平常」、つまり毎日毎日繰り返される病床での「自分の一日の生活」、日常生活を「極めて詳細に書」くことが出来るのだ。「自分の一日の生活」を「詳細に書」く、「平和なる日」にしか書けない病床における「自分の境涯」、文字どおりに自分の「生」を写す「写生文」を書こうと、子規は思い立つのである。

公の活字媒体としての「雑誌」の「記事」であると考えると「人を馬鹿にしたる事」になるが、私的音信としての手紙、すなわち「消息」の「代」りだと考えればいいではないか、と子規は言う。実際に「地方の親戚知人」から、よく自分の病気の「容態を問はるゝ事」があるが、「一々詳細」を報告してきたわけではない。そうすると、もう手紙も書けなくなったほどに病状が重くなったと「誤解」し、「虚子抔」に「安否を問はるゝ事」も多々ある。また逆に病状を「実際よりは極めて軽く見て」、俳句の「添削」を頼んで来たり、「漫遊を促し」てくる者さえいるのだ。「誤解を正」すためには、「容体的記事も又必要なるべきか」と、子規は「さまぐ\に思ひ煩ふ」のである。

ここまで「一日の記事」について構想を立てながら、まだ執筆にとりかかっていないという設定なのだが、読者はまさに「一日の記事」、子規の「一日の生活」の「極めて詳細」な「容体的記事」の叙述をずっとここまで読んできたことに気づかされる。それだけではない。あらゆる出来事について文字で記すところの「記事」を書く行為は、記述されている全ての出来事が終った段階で実践されるはずだという、あたり前のことを突きつけられる。実に巧みな写生文の特質への自己言及である。

「本編」はいつ書かれたのか？　という「山」捜し

そして、子規は、「襖の上に写りたる」「自分」の「仰(あお)のけに臥したる影」に気づく。「両膝を立てたる上に毛布を着せ」ているので、その影は「山の如く」見える。「膝の処」から「絶壁」のようになって、「急に落ち」ている。この自分の影を見て、子規は「写生文」の実践のために開催するようになった「山会」で、繰り返し強調している「文章の山の図を思ひ出す」ことになる。

「写生文」には必ず「山」がなければならない、というのが「山会」の命名の理由である。自分の「膝の影」は、「落語的尻きれ的の描き文章を図に現す時」と同じ「山の形」だ。子規は「自分の影を益(ますます)面白からず思ふ」と記述しながら、「妄想と、寝返りと、口の内にて演説のまね」、そして「二つの扁額(へんがく)」を「見つむる事」という具合に、「今朝来の経過を繰り返して考へ見る」と書く。そして「膝の影」と同じように、「日記の手入次へ〳〵と移」り、「全く総(すべ)ての日記の手入終」って「母を呼んで」「もう寝る」と言って、『明治三十三年十月十五日記事』は「尻きれ的」に終ってしまうのだ。

末尾には「附記」が付いている。「喀痰（かくたん）」のこと、「睡眠」の姿勢が通常は「仰臥（ぎょうが）」であること、「沐浴（もくよく）」はしないで「一ケ月に一二度」「アルコール」で「体を拭ふ」こと、「斬髪」は月に一回、「床屋を呼び来りて」、半身を起こして、やはり病床で行うこと、そして「食器杯は余の分と家人の分と別々に取り扱ふなり。来客の分はいふを待たず」と、他への感染を防ぐために徹底して気を遣っていることがさりげなく記される。これら全ては、毎日あるいは「一ケ月に一二度」繰り返されている、反復的出来事である。そして「附記」の末尾は、こう結ばれている。

此日位の熱は平常なり。此頃は筆取らぬ日さへ多ければ此日の如きは多くの仕事をしたる日なり。蓋（けだ）し平日よりは余の気分の善かりしを証するに足る。

「平常」と「平日」が再び強調されている。しかし、「平常」と「平日」と異なる「此日」だけのこととして「多くの仕事をしたる日」という強調は、読者にとって特別な意味を持つ。「附記」は全ての文章を書き終った段階で「附」される「記」述である。そうであるなら、『明治三十三年十月十五日記事』本編が書き上げられたのは「附記」を書く前でなければならない。そうすると「尻きれ的」に終っているどこかに、本編を書いた時間が隠されていることになる。

あまりにも「平日」と同じ「平常」のことしか起こらない、『明治三十三年十月十五日記事』の読み方が、末尾に至ってにわかに読んで来た文章の「山」捜しに変わっていく。「此日の如きは多くの仕事をしたる日なり」とある。そこに「此日」の特別さがあらわれているとすれば、それは「筆取らぬ日」が平常になってしまった「此頃」と対比されているはずだ。ならば「筆を取る」という言葉が、「此日」の特別さをあらわす「山」になっているのではないか、ということに読者は気づかされる。

「日記」を「写生文」の一領域として位置づけ直し、投稿されて来た「日記」に、ずっと「手入」をしてきた、何も特別なことの起きなかったこの日のことを「今日の日記」として書かねばならない。今読者が読んでいるのが、その日記の指南書。では、本編はいつ書かれたのかが、関心の中心となる。それが「山」なのである。

この日の仕事の中心は先に述べたように、『ホトトギス』で募集した「日記の手入」であった。昼食後、「硯箱、原稿紙、手入すべき投書」を枕元に持って来てもらったのだが、このときは「喰ひ労れ」て「筆を取る元気」がなかったので仕事には手つかずであった。注目すべきなのは、「手入すべき投書」と、子規自身が新たに文字を書き入れるべき「原稿紙」が隣接していることだ。

「手入」の作業は原稿用紙に「少しづゝ書直」しながら「あれこれと清書」する形で進められていく。同じ「原稿紙」に、自分の記事を書くことも可能だ。そのように考えて読み直すと、仕事についての記述は「綳帯取換後」の「日記の手入に掛る」、夕食後の「日記の手入にかゝる」と同じ表現で記されているのだが、熱がさめた後は「右向に直り筆を取る。再び日記の手入にかゝる」と「筆を取る」がつけ加えられている。あたり前のことだが、「日記の手入」も「筆を取」って行っているわけで、なぜこのときだけ表現が分節化されているのかが、にわかに気になり始める。そして「羊羹（ようかん）」を食べ「十二時」を過ぎて、「又筆を取る。終（しまい）に秀真の鋳物日記に到（いた）る。これが今度の募集日記の第一等なり」となる。「書き直すに及ばず」とあり、したがって「原稿紙」は用いず元の原稿で「二三個処字を直し」ただけでその直後に「全く総ての日記の手入終る」とある。

この「又筆を取る」（傍点引用者）があやしい。この日が終ったのだから、「第一等」の「秀真の鋳物日記」の文字直しに入る前に、『明治三十三年十月十五日記事』を書いたに違いないことに読者は思い至る。まるで行間意味捜し探偵のようになって、文章の「山」を捜索していることに読者が気づいた瞬間、この「記事」を書いた、という文章を、この「記事」の中に入れてはならないことに同時に思いあたるのだ。なぜならその文を入れた瞬間、文章の書き手は出来事全体を俯瞰（ふかん）出来る位置に立ち、全ての出来事は事後的になってしまい、これまでの動詞の終止形で終らせて来た、あたかも現在進行形の動作の連鎖のような、この「記事」の文体が、全て虚偽であったということになってしまうからだ。

もしたった一日の出来事を継起的に記したこの「記事」を、「写実的の小品文」の一つとしての「日記」の指南書だとするなら、文章が「写実的」であることを支えているのは、その文章の書き手の時間的空間的位置の消去にあるという、重要な極意を伝えていることになる。この『明治三十三年十月十五日記事』を書いたという出来事が書かれていないこと、あえて消去されていることこそが、この文章の「山」なのだと気づいたとき、読者は、この「記事」から、多様な「山」捜しの旅に出発することが可能になる。

溲瓶(しびん)を呼ぶ

そんな「山」捜しの旅のルートを一つだけ紹介しておこう。子規の介護を早朝から深夜まで行っているのは、妹律と母である。食事を運んでくるのは母、「繃帯取換」は律と、一日をとおしての介護の担い手と役割分担は、その都度明記されていた。そのことを意識すると、思ってもみない「山」が見えてくる。

「溲瓶を呼ぶ」という一文だ。

子規は「おい、溲瓶」とでも言うのだろうか。そう言ったからといって「溲瓶」が自分でやって来るわけではない。持って来るのは母か妹である。排尿させるには、男性器をつまんで溲瓶の中に入れ、終ったら同じようにして外に出して、下着の中に入れなければならない。介護者は肉身とはいえ二人とも女性である。排便は「繃帯取換」と連動しているから、日課として律の仕事に組み込まれているが、母や律が忙しく家事労働をしていることがわかっていても、尿を漏らす前に呼ばなければ、かえって大事になる。

「溲瓶を呼ぶ」という五文字には、そうした女性たちに介護されている男性としての子規の、恥ずかしさと申し訳なさをはじめとする様々な複合した感情の寄り集まりのうえに、二人の女性介護者への気遣いもあらわれている。

「溲瓶を呼ぶ」という五文字があらわれるのは、朝昼晩のわずか三回。あまりにも少なすぎる。そこに読者が気づくと、にわかに昼食の記述の際の「漬物と茶は用ゐぬ例なり。自ら梨二個を剝(は)いで喰ふ。終に心を嚙(か)み皮を吸ふ」という記述が「山」になっていることに注意が向く。喉がかわかないように塩分をひかえ、排尿が少なくなるよう水分をひかえているから、「梨」の「心」や「皮」まで、「吸ふ」ことになるのだ。こうした「山」をつなげていくと、『明治三十三年十月十五日記事』が介護を受ける側の人間と、介護をしてくれている人間との間の、心の動きの「山」並の「写生」になっていることが伝わってくるのだ。

第八章　生き抜くための「活字メディア」

『墨汁一滴』という試み

一九〇一（明治三四）年の一月、子規は「直径三寸」の「地球儀」を「つくぐ〜と見て」いた。新聞『日本』の担当者である寒川鼠骨（一八七五〜一九五四）が「二十世紀の年玉なり」と持って来てくれたものだ。「日本の国」は「特別に赤くそめられて」おり、「朝鮮満洲吉林黒竜江など」は「紫色」だ。子規は考える、「二十世紀末の地球儀は此赤き色と紫色との如何に変りてあらんか、そは二十世紀初の地球儀の知る所に非ず」と。

二〇世紀最初の年の一月一六日、新聞『日本』での連載随筆『墨汁一滴』はこのように始められていた。「世紀」という時間認識の枠組は、この時代の日本の人々にとっては、まだなじみがうすかったはず。キリストの生誕から百年単位で歴史を区切る欧米列強の考え方とわたり合うことを意識していた、新聞『日本』の記者ならではの「年玉」。そして、子規の想像力は、「二十世紀末」までを経験した私たちの位置に正確に届いている。「二十世紀」こそ、列強に分割されてしまっていた「地球」の、再分割をめぐる帝国主義戦争へ、大日本帝国が参入していった時代であったことを、私たちは知っている。

『墨汁一滴』は連載の題名でありながら同時に、「独自の文章の形式」（坪内稔典『正岡子規――言葉と生きる』岩波書店、二〇一〇）の名称でもあった。

年頃苦みつる局部の痛の外に左横腹の痛去年より強くなりて今ははや筆取りて物書く能（あた）はざる程になりしかば思ふ事腹にたまりて心さへ苦しくなりぬ。斯（か）くては生けるかひもなし。はた如何にして病の床のつれぐ〵を慰めてんや。思ひくし居る程にふと考へ得たるところありて終（つい）に墨汁一滴といふものを書かましと思ひたちぬ。こは長きも二十行を限とし短きは十行五行あるは一行二行もあるべし。病の間をうかゞひて其（その）時胸に浮びたる事何にてもあれ書きちらさんには全く書かざるには勝りなんかとなり。されど斯（かか）るわらべめきたるものをことさらに掲げて諸君に見えんとにはあらず、朝々病の床にありて新聞紙を披きし時我書ける小文章に対して聊か自ら慰むのみ。（『日本』一九〇一・一・二四）

「物書く」営みこそ「生けるかひ」なのだということを子規は強く自覚する。「病」がもたらす身体的な痛みや苦しみを忘れることが出来るわずかな「病の間」を使って、「胸に浮」かんだことを長くても「二十行」以内で綴る。たとえ「一行二行」の「小文章」であっても、活字に組まれ印刷されておよそ一万人の読者に配布され、その読者と同じように「新聞紙を披」いて毎朝それを読む。この行為によって読者と一緒になお生き抜いていると「自ら慰む」ことが出来るというのである。新聞記者正岡常規、ジャーナリストとしての子規の面目が表明されている。

漱石から届いた『倫敦消息』

一月三〇日には「我俳句仲間に於いて俳句に滑稽趣味を発揮して成功したる者は漱石な

り」と記し、教師としての漱石は「まじめ」で「厳格」で「大口をあけて笑ふ事」もないが、「真の滑稽は真面目(まじめ)なる人にして始めて為し能ふ者にやあるべき」と結論づけている。子規は病床で、ことあるごとにロンドンの漱石に思いを馳(は)せていた。その頃、ロンドンの漱石は一月二二日の日記に「The Queen is sinking（引用者註：女王危篤）」と書いた後、「ほとゝぎす届く子規尚生きてあり」と記していた。

二人のやり取りから、郵便物の時差は一ケ月余と推測され、この「ほとゝぎす」は『明治三十三年十月十五日記事』が掲載されていた号だったと思われる。「自分の境涯」を「容体的記事」として「雑誌に載せ」て「消息に代へ」るという、子規がつくり出した日常生活の写生文の方法を、やがて漱石も意識的に使っていく。『倫敦消息』と題を付されて『ホトトギス』に掲載された漱石の三通の書簡である。四月九日、二〇日、二六日と続けて子規と虚子宛に送られた長い手紙の最初は次のように始まる。

其後は頓と御無沙汰をして済まん君は病人だから固(もと)より長い手紙をよこす訳はなし虚子君も編輯(へんしゅう)多忙で「ほとゝぎす」丈を送つてくれる位が精々だらうとは出立前から予

想して居つたのだから手紙のこないのは左迄驚かないが此方は倫孰といふ世界の勧工場の様な馬市の様な処へ来たのだから時々は見た事聞た事を君等に報道する義務がある是は単に君の病気を慰める許りでなく虚子君に何でもよいからかいて送つて呉れろと二三度頼れた時にへい〳〵よろしう御座いますと大揚に受合つたのだから手紙をかくのは僕の義務さ

漱石は虚子に『ホトトギス』に掲載する原稿を頼まれていて、病床の子規を「慰める」ための私信をそれに代えるというのである。この漱石の実践は、子規の『明治三十三年十月十五日記事』と呼応している。

三通目の手紙の最後に漱石は次のように書いている。

魯西亜と日本は争はんとしては争はざらんとしつゝある。支那は天子蒙塵の辱を受けつゝある。英国はトランスヴハールの金剛石を掘り出して軍費の穴を塡めんとしつゝある。此多事なる世界は日となく夜となく回転しつゝ波瀾を生じつゝある間に我輩のすむ小天地にも小回転と小波瀾があつて我下宿の主人公は其尨大なる身体を賭してかの小冠者差配と雌雄を決せんとしつゝある。而して我輩は子規の病気を慰めんが為に此日記をかきつゝある。

日清戦争後の日本は、ドイツやフランスと一体となって三国干渉をしかけてきたロシアと一触即発の緊張状態にあった。中国では、列強諸国の侵略に対して、義和団が「扶清滅洋」を掲げて反帝国主義闘争を展開し、清朝政府も「支那」の「天子」の名で列強に対して宣戦布告した。しかし、列強の連合軍に清国軍は敗れ、義和団も鎮圧された。これが一八九九年から一九〇〇年の「天子蒙塵の辱」の顚末である。

一方、イギリスが軍費の穴を埋めようと仕掛けたのが、一八九九年からの第二次南阿戦争（ボーア戦争）である。イギリスは、トランスヴァール共和国とオレンジ自由国の独立を認めていたが、金鉱とダイヤモンドの鉱山が発見されると、その利権を奪うために戦争を仕掛け、オランダ系住民であるボーア人の激しい抵抗に苦戦していた。その頃に漱石はロンドンへ到着し、帰還兵を出迎える人ごみの中で迷子になりかけたりしていた。

このときすでに、大英帝国による世界支配の時代、パックスブリタニカが崩壊しつつあることを、ロンドンの漱石は子規に報告していたのである。

子規も五月三〇日付の『墨汁一滴』で、漱石との思い出を記している。ちょうど、漱石から四月二六日付の手紙が届く頃にあたる。「高等中学」時代、漱石が「子供の時からそこに成長した」喜久井町から早稲田方面の「田甫（たんぼ）を散歩」したとき、「漱石は、我々が平生喰（く）ふ所の米は此苗の実である事を知らなかつたといふ」とからかっている。

太平洋とインド洋を越えて、東京の子規とロンドンの漱石は相互に応答する言葉を書きつけていた。『墨汁一滴』の中で子規は、漱石に言及することで、新聞『日本』の読者共同体に漱石を参加させ、言葉の力によって自分の枕元へ呼び寄せていたのである。

「漱石」の筆名で『倫敦消息』が初めて掲載されたのは、五月三一日刊行の『ホトトギス』だった。

痛みと対峙（たいじ）する子規

この時期の子規の痛みとの関わり方が、生々しくあらわれている叙述がある。四月二〇日付『墨汁一滴』は「手紙」をくれる「諸氏へ」、「一度に御返事」するとして病状を伝え、「疼痛」が最も辛いと訴えている。

……先づ病気の種類が三種か四種か有之、発熱は毎日、立つ事も坐る事も出来ぬは勿論、此頃では頭を少し擡ぐる事も困難に相成、又疼痛のため寝返り自由ならず蒲団の上に釘付にせられたる有様に有之候。疼痛烈しき時は右に向きても痛く左に向きても痛く仰向になりても痛く、丸で阿鼻叫喚の地獄も斯くやと思はるゝ許の事に候。

子規にとって記憶を想起することも、痛みをこらえるために欠かせない方法の一つであった。子規は痛みと記憶の想起の関係について十分に意識的である。五月一七日付には「痛くて〳〵たまらぬ時、十四五年前に見た吾妻村あたりの植木屋の石竹畠を思ひ出して見た」とある。「十四五年前」と言えばまだ発病前。その頃の過去の出来事を想起すれば、現在の痛みとわたり合うことが可能になるのだ。

六月一五日付では、「明治二十二年の五月に始めて咯血した」ことや「ブッセ先生の哲学総論」の試験で苦労したこと、翌日付では、「明治二十四年の学年試験」を途中で放棄し、「万松楼」という宿屋で残りの試験準備をするつもりが「夏目漱石を呼びにやつ」て、「一二泊して」結局遊んでしまったことが書かれており、そして「明治二十五年の学年試験」に落第し、「これが試験のしゞまひの落第のしゞまひだ」と書かれている。

どちらも千字以上の長篇(ちょうへん)である。試験準備をしようとすると「俳句が頻(しき)りに浮んで来る」自分の頭の仕組みを、ユーモラスにかつ生き生きと表現している。漱石と共有した出来事の記憶を想起することで、子規は現在時の痛みと対峙していたのである。

中村不折を壮行する

先に述べたように、子規は一八九四(明治二七)年二月に『日本』の姉妹紙である絵入新聞『小日本』の編集主任となったが、その挿絵画家として出会ったのが、中村不折(一八六六〜一九四三)である。子規の写生論の絵画の領域からの導き手でもあった。その不折のフランス留学が決まり、子規は不折を壮行するための『墨汁一滴』を、六月二五日から掲載し始める。

中村不折君は来る二十九日を以て出発し西航の途に上らんとす。余は横浜の埠頭場迄見送つてハンケチを振つて別を惜む事も出来ずはた一人前五十銭位の西洋料理を食ひながら送別の意を表する訳にもゆかず、已むを得ず紙上に悪口を述べて聊か其行を壮にする事とせり。

港へ見送りにも行けず、送別会へも出られないから文章で壮行すると宣言しているのである。そして五日にわたって、二人の出会いから、「美術の大意を教へられし事」、すぐれた画家で、「且つ論客」であること、活字印刷メディア時代の画家としての能力が高く、挿絵の注文が絶えることがないなどと紹介し、不折が出発する当日の六月二九日は、「此頃の容態にては君の聞ゆる程の声を出す能はず因つてこゝに一言するなり」という断りをして、「大なる場所」の「景色」ばかりを描くのではなく、「小にして精」「軽にして新」の画を軽蔑しない方がよいと忠告した。耳の遠い不折に聞こえる大きな声を、子規は最早出すことが出来ないのだ。

そして翌六月三〇日付『墨汁一滴』は、次の八十五文字であった。

羯翁（かつおう）の催しにて我枕辺に集まる人々、正客不折を初として鳴雪、湖村、虚子、豹軒、及び瀧氏等、蔵六も折から来合されたり。草庵（そうあん）為に光を生ず。
虚子後に残りて謡曲舟弁慶一番謡ひ去る。

子規の「枕辺」で、日本新聞社の社長陸羯南主催の、不折の壮行会が開かれたのである。『墨汁一滴』の記事に心を動かされた不折の提案だったのかもしれない。「西洋料理を食ひながら送別の意を表する訳にもゆかず」といじけてみせた子規に、親しい友人たちが配慮したのである。「草庵為に光を生ず」という八文字に、子規の喜びが輝いている。

子規が『墨汁一滴』で不折へ贈った、忌憚（きたん）ない言葉を記憶する読者にとって、子規の病床に集まる人々の、病む者への心の配り方が細部にわたって想像出来る叙事文である。

『仰臥漫録（ぎょうがまんろく）』における他者の目

『墨汁一滴』の連載は、二日後の一九〇一（明治三四）年七月二日付で終る。
二ケ月後の九月二日から、子規は『仰臥漫録』と題した病床日記をつけ始めた。和紙二つ折りで一冊目が七十一枚、二冊目が七十五枚である。講談社の『子規全集』では第十一巻に、『松蘿玉液（しょうらぎょくえき）』『墨汁一滴』『病床六尺』と共に、随筆として収録されているが、この巻の解説者の大江健三郎氏は次のように書いている。

……なぜ僕が『仰臥漫録』をあげぬかといえば、もちろんそれが他者の眼を意識せぬ表現活動であったというつもりはないが、その他者の眼の想定の仕方が、前の三篇と性格をことにするからである。子規は、日記風の小文をつみかさねながら、『松蘿玉液』『墨汁一滴』『病床六尺』において、まことに全面的に他者の眼をひきうけている。子規はすべての他者の前に立つ。かれはすべての他者に、かれ自身の綜合的な全体像をあきらかに示す。他者を綜合的、全体的にとらえうる者のみが、かれ自身を綜合（そうごう）的、全体的に他者へ呈示できるのだ。子規は他者をそのように把握する能力を持っていた。この他者とは、日本人の精神史全体をもおおうものだと考えていただきたい。

大江氏は「他者の眼の想定の仕方」において、『仰臥漫録』は他の三作品と決定的に性格を異にすると位置づけているのである。

この論点を重視した金井景子氏は、岡井隆氏の「純然たる私記録でありながら、子規はその〈私〉を、確かに――死後の人々の眼に、提示しようとしていた」（前掲書）という認識を紹介したうえで、「子規の遺志がこの手記の断固たる秘匿にはなかった」「死後の人々の眼を想定していたであろう」と同意しながらも、書き進められていく「生成過程のリアル・タイムに立ち会」った「読者の存在」（『「書く」ことの日常――『仰臥漫録』をめぐる考察』、『媒』一九八九・一二）の重要性を強調している。

「あきらめるより以上のこと」

「自分の境涯」を「容体的記事」として「雑誌に載せ」て「消息に代へ」るという方法において、『墨汁一滴』の延長線上に出てくるのが『病床六尺』（一九〇二年五月五日～同年九月一七日）である。

金井氏は、『病床六尺』執筆時において、「書くことは文字どおり目の前にいる人間に向かい声に出して語ることを通して実現されるのがほとんどであった」（『小さな世界はどのようにして語られたか――正岡子規『病床六尺』を中心に』、『国文学　解釈と鑑賞』一九九四・四）と、このテクストが口述筆記で成立したことを重視している。

さらに金井氏は、「六尺の空間に」口述筆記を担当する「看病番の面々」も含め「外部からもたらされる情報」「見る・読む・聴くという外界からの情報を何よりの原動力」として、「『病床六尺』の語りのシステムが」「作動する」ことを、「月並を嫌う諧謔（かいぎゃく）の眼差（まなざ）しであると同時に、慣れることの叶わぬ不断の痛みをことばで嗤（わら）おうとする力業でもあった」と指摘する。そして、先に言及した大江氏の解説で「世界、死生についての根源的主題系においてデモクラティックであるのは子規だ」として引用された部分を、同じく紹介している。『病床六尺』第七十五回、一九〇二（明治三五）年七月二六日付の記事である。

〇或人（あるひと）からあきらめるといふことに就て質問が来た。死生の問題などはあきらめて仕舞へばそれでよいといふた事と、又嘗（かつ）て兆民居士を評して、あきらめる事を知つて居るが、あきらめるより以上のことを知らぬと言つた事と撞着して居るやうだが、どういふものかといふ質問である。それは比喩を以て説明するならば、こゝに一人の子供がある。其子供に、養ひの為めに、親が灸を据ゑてやるといふ。其場合に当つて子供は灸を据ゑるのはいやぢやといふので、泣いたり逃げたりするのは、あきらめのつかんのである。若し又た其子供が到底逃げるにも逃げられぬ場合だと思ふて、親の命ずる儘におとなしく灸を据ゑて貰ふ。是は已にあきらめたのである。併しながら、其子供が灸の痛さに堪へかねて灸を据ゑる間は絶えず精神の上に苦悶を感ずるならば、それは僅にあきらめたのみであつて、あきらめるより以上の事は出来んのである。若し又た其子供が親の命ずる儘におとなしく灸を据ゑさせる計りでなく、灸を据ゑる間も何か書物でも見るとか自分でいたづら書きでもして居るとか、さういふ事をやつて居つて、灸の方を少しも苦にしないといふのは、あきらめるより以上の事をやつて居るのである。

大江氏はこの引用箇所を踏まえ、「あきらめる以上の事をやるというのは、自分の主体がかれ自身の精神と肉体をもふくめて、あらゆることどもを相対化する、ということであろう。すなわち、かれは世界のありとあることどもについてデモクラティックになる。そのような人間の眼に世界はその全体的、綜合的なかたちをあらわす」と、ここに子規の文学の最も大切な、「デモクラティック」な姿勢を見出(みいだ)している。

書くことは苦痛を減ずる「鬱(う)さ晴らし」

子規は、「あきらめるより以上の事をやつて居るのである」という言葉で、何を言おうとしていたのか。

それを考えるためには、「或人」の質問にある「嘗て兆民居士を評し」た記事がヒントになる。兆民居士、中江兆民（一八四七〜一九〇一）は喉頭癌(こうとうがん)で余命一年半と宣告され（死後、実際には食道癌だったことが判明）、随筆集『一年有半』（博文館、一九〇一）を刊行してベストセラーとなった。子規は、一九〇一（明治三四）年一一月二〇日、二三日、三〇日の三回にわたって、『一年有半』論を『命のあまり』と題して新聞『日本』に掲載した。

子規は『命のあまり』第一回の中で、「居士は学問があるだけに理窟の上から死に対してあきらめをつけることが出来た。今少し生きて居られるなら「あきらめ」以上の域に達せられることが出来るであらう」と書き、『一年有半』を「平凡浅薄」と評した。

しかし、子規が本当に言いたかったのは、第二回で書いた「胸中に多少の文字のある者ならば、筆を執つて書きたい事を書きちらす程愉快な事は無い」ということだったのではないか。

たとえ口述筆記であれ、書きたいことを書き散らす発話行為は、「病中の鬱さ晴らしに」なる。「少し長い文章などを書いて、それが幾らかの苦痛を感ずる事は珍らしくない」が、「其の小苦痛の為めに病気の大苦痛は忘られて居る事が多い」。「書く時の苦痛は如何に強くても、其苦痛の結果が新聞雑誌などの上に現れる時の愉快は、能く書く時の苦痛を銷すに足るのである」とまで子規は書いているのである。

坪内稔典氏は、「書くことは苦痛を減ずる鬱さ晴らしに過ぎない。その自覚というか、認識が『一年有半』には感じられなかった」（前掲書）ために、子規は「平凡浅薄」という評語を使ったと考えている。

まず意識と身体との関係においては、文章を書くことが「小苦痛」であったとしても、そちらへ意識を逸らすことで、身体に襲い続ける「病気の大苦痛」を感じないで済む。

次は時間の関係である。現在は、襲ってくる「病気の大苦痛」を文章を書く「小苦痛」で紛らわしているが、現在の「小苦痛」はやがて過去となり、その「苦痛の結果」としての「文章」が「新聞雑誌」の「上に現れ」る。未来に待っているそのときの「愉快」に思いを馳せれば、現在の「能く書く時の苦痛を銷す」のである。

このようにして、子規の言う「鬱さ晴らし」は、二重三重に「病気の大苦痛」から、意識と感覚を解き放つことが出来る方法となる。

痛みをごまかす読書

したがって、先の『病床六尺』第七十五回の引用部は、『墨汁一滴』の記事への自己言及としても機能していたのである。質問への答えに、比喩として登場した灸を据えられる子供について考えねばならない。同時代の読者の多くと同じように、七十数年後の読者である大江健三郎氏もこの自己言及に気づき、先の解説で「子規のもちいた」「灸を据えられる子供の譬喩(ひゆ)」における「子供は、じつは幼年時のかれ自身だった」と看破している。「灸を据えられる子供」として「幼年時のかれ自身」が書かれているのは、『墨汁一滴』

の一九〇一年四月八日付の記事である。

僕は子供の時から弱味噌（みそ）の泣味噌と呼ばれて小学校に往（い）ても度々泣かされて居た。たとへば僕が壁にもたれて居ると右の方に並んで居た友だちがからかひ半分に僕を押して来る、左へよけようとすると左からも他の友が押して来る、僕はもうたまらなくなる、そこで其際足の指を踏まれるとか横腹を稍（やや）強く突かれるとかいふ機会を得て直に泣き出すのである。そんな機会はなくても二三度押されたらもう泣き出す。それを面白さに時々僕をいぢめる奴があつた。併し灸を据ゑる時は僕は逃げも泣きもせなんだ。然（しか）るに僕をいぢめるやうな強い奴には灸となると大騒ぎをして逃たり泣いたりするのが多かつた。これはどつちがえらいのであらう。（傍点引用者）

しかし、これだけでは子規が「逃げも泣きも」しないで灸を据えられる子供であったことはわかっても、「あきらめるより以上の事」をしていたかどうかわからない。さらに同年二月一三日付の『墨汁一滴』に思い至る必要がある。

「毎朝繃帯の取換をするに多少の痛みを感ずるのが厭でならんから必ず新聞か雑誌か何かを読んで痛さを紛らかして居る」という記述があり、「痛みが烈しい時は新聞を睨んで居るけれど何を読んで居るのか少しも分らないといふやうな事もあるが又新聞の方が面白い時はいつの間にか時間が経過して居る事もある」と続いている。一九〇一年二月一三日現在の子規が、ここで「あきらめるより以上の事」をしていることがわかる。では、子供のときのことはどうなのか？　すると子規は、「それで思ひ出した」と、続けて子供時代を想起する。「昔関羽の絵を見たのに、関羽が片手に外科の手術を受けながら本を読んで居たので、手術も痛いであらうに平気で本を読んで居る処を見ると関羽は馬鹿に強い人だと小供心にひどく感心して居たのであつた」。この後、現在の子規は「ナアニ今考へて見ると関羽も矢張読書でもつて痛さをごまかして居たのに違ひない」と見切ってみせる。

関羽を強い人だと感心した「小供」の子規は、その真似をして灸を据える間に書物を読んでいたのであろう。逃げも泣きもしなかったが、決して「平気で」はなかったはずである。そのような「小供」の子規と、繃帯取換の「痛さを紛らかして居る」現在の子規との重なりの中に、「あきらめるより以上の事」をする「小供」の姿が見えてくるのである。

そして、大江氏が先の解説の中で言い切ったように、「あきらめる以上の事をやる人間としての自己を握りしめた子供は、死生のまぎわにいたるまで、そのような自己より他の者になることはない。それが子規の生き方であった」のである。

子規の「あきらめ」論

「あきらめ」ということについては、『病床六尺』で何度も言及されている。

まず、五月一八日付の記事。子規にとって五月は、毎年病が悪化する「厄月」であるが、今年の五月は大丈夫そうだと高を括っていたところ「十三日といふ日に未曾有の大苦痛」を感じた。そして、病み始めの須磨での療養の頃を想い起こして、そのとき「独りあきらめて居つた」のは「今日から見ると其は誠に病気の入口に過ぎ」なかったと自覚する。そして「昨年来の苦みは言語道断殆んど予想の外」と述べたうえで、「十五日」に「起りし苦しさはとても前日の比にあらず、最早自分もあきらめて」しまったが、「午後」には「苦しさを忘れ」「根岸の祭礼日」の「祝の盃を挙げた」。子規は「あきらめて」いない。

次は六月二三日付の記事で、読者「本郷の某氏」からの手紙への応答である。子規は

「たとへ他人の苦が八分で自分の苦が十分であるとしても、他人も自分も一様にあきらめるといふより外にあきらめ方はない」と応じる。そして「此の十分の苦が更に進んで十二分の苦痛を受くるやうになつたとしても矢張りあきらめるより外はない」が、「肉体の苦」は「程度の軽い時はたとへあきらめる事が出来ないでも」「なぐさめ」られるが、「程度が進」むと「なぐさめる事」が出来ないだけでなく、「あきらめて居ても尚あきらめがつかぬやうな気がする。蓋し（けだし）それは矢張りあきらめのつかぬのであらう」と述べ、「笑へ。笑へ。健康なる人は笑へ。病気を知らぬ人は笑へ」と読者を挑発している。

三つ目は、先ほどの「或人」の質問の中で「死生の問題などはあきらめて仕舞へばそれでよいといふた」と指摘されていた七月一六日付の記事である。この中で子規は「病気になつてから」の「七年」を振り返り、「肉体的」な「苦痛」は「時々起」こったとしても、「薄らぐ」と「忘れ」ることが出来るが、「去年から」は「精神的に煩悶して気違ひにでもなりたく思ふやうになつた」と告白している。そして「死生の問題は大問題ではあるが、それは極単純な事であるので、一旦あきらめて仕舞へば直に解決されて仕舞ふ」と述べている。

子規の介護者たち

そして、その子規が「あきらめ」ることが出来ず「解決され」ることのない「問題」として持ち出したのは、「家庭の問題」「介抱の問題」であった。

ここから、「あきらめ」をめぐる議論の流れは「家族の女共」の「看護」の在り方へ入っていく。

「病人の気を迎へて巧みに慰めて呉れさへすれば、病苦などは殆ど忘れて仕舞ふ」とする子規は、七月一六日付の記事では看護への不満の表明に終始するが、末尾で「教育は女子に必要である」と宣言する。翌一七日掲載の記事では「女子の教育が病気の介抱に必要である」という女子教育論と、家事労働の合理化論を展開する。さらに、七月一八日付の記事では、「家庭の教育」の重要性から「一家の団欒（だんらん）」へ説き及び、「一家の団欒」の中で「子供の性質」も「感化」されると主張する。七月二〇日付記事では「病気の介抱に精神的と形式的との二様がある」として、「病人をうまく取扱ふ」こととしての「形式的の介抱」と対比して、「看護人が同情を以て病人を介抱する」「精神的の介抱」について論じていく。

こうした子規の「介抱」論について、安森敏隆氏は「現代の介護論から見ても、誠に卓越した見解が披瀝(ひれき)されている」(『介護論としての『病床六尺』』、『国文学 解釈と鑑賞』二〇〇一・一二)と高く評価している。

書かれていることは、直接的には、毎日子規の「介抱」をしている母親や妹律に対する不満である。しかし、ともすれば密閉された病室の中の、病人と介護者の感情的な行き違いになりかねない事態を、口述筆記者としての弟子たちを媒介にしながら、あえて新聞『日本』の紙上で公開することで、大江氏の指摘する、病人子規の個人的な「精神と肉体」が「相対化」されて、「全体的、綜合的なかたちをあらわ」し、母や妹との関係、弟子たちとの関係、そして新聞読者との関係においても「デモクラティックになる」のだ。

七月三一日付の『病床六尺』は、「七月二十九日。火曜日」の被介護記録である。「昨夜半碧梧桐(へきごとう)去りて後眠られず」と書き出され、「午後四時過左千夫今日の番にて訪はる」ともあり、弟子たちが当番制で夕方から「夜半」にかけて子規の枕元に控えていたことが、『日本』の読者に明かされる。

また、午前中の便通後に「苦しく」なったが、「痲痺剤」を服用して「心愉快にな」ったので「老母に新聞読みてもらふて聞く。振仮名をたよりにつまづきながら他愛も無き講談の筆記抔を読まるゝを我は心を静めて聞きみ聞かずみうと〳〵となる時は一日中の最楽しき時なり」という記述は、介護者である母への感謝の公の表明となっている。

「病床六尺」の世界から一切外に出ることの出来なくなった子規は、『病床六尺』という新聞コラムの言葉を、口述筆記で書き綴ってもらうことにより、弟子たちを当番制で介護に参加させて母と妹の介護労働を軽減し、そうした日々の報告を読者へと開示し続けた。

毎日、『日本』に『病床六尺』を発表し、数日後に印刷された文字を読者と共に読むことこそが、子規にとっての「あきらめるより以上の事」、すなわち「病気を楽しむといふこと」だったのである。

子規が息を引き取る二日前、一九〇二年九月一七日付『病床六尺』は長崎の狂歌師の西芳菲からの手紙を書き写している。子規の病状を心配しながら、九月一二日付「自分はきのふ以来昼夜の別なく、五体すきなしといふ拷問を受けた」という記事へ応答してきた手紙だ。

○芳菲山人より来書。

拝啓昨今御病床六尺の記二三寸に過ず頗る不穏に存候間御見舞申上候達磨儀も盆頃より引籠り縄鉢巻にて筧の滝に荒行中御無音致候

俳病の夢みるならんほとゝぎす拷問などに誰がかけたか

子規にとって生き抜くということは、新聞という活字メディアにおいて、読者との言葉による応答を続けることにほかならなかった。「俳病」という文字遣いに、生き抜くことに込められた子規の文学精神への投稿者の思いが表現されている。『病床六尺』は、見事に作者と読者の、言葉を仲立ちとした相互応答関係を実現していたのである。

これが最後の記事となった。

終章　僕ハモーダメニナツテシマツタ

「古白曰来」

日露戦争二年目の一九〇五（明治三八）年一月一日付の『ホトトギス』第八巻第四号に、東京帝国大学講師兼第一高等学校嘱託夏目金之助は、「漱石」という筆名で『吾輩は猫である』を発表した。同じ号の「附録」として、子規の『仰臥漫録』が収められていた。

前年の後半から、旅順攻略をめぐる激しい戦況が連日新聞紙上で報じられていた。南山で戦死した勝典についで、二百三高地戦で保典をも失うという経緯で、乃木希典が二人の息子を失ったことが、戦闘の厳しさを象徴することとして報道された。一二月二九日に二龍山砲台占領、三一日に松樹山砲台占領、年が明けて一月二日に旅順開城という、戦時熱狂の中での『ホトトギス』の発行であった。

『仰臥漫録』は「明治三十四年九月二日に始まり、日付の明らかな限りで言えば、病没の約半月前の三十五年九月三日に及」ぶ、「家人や親しい門弟たちにもほとんど見せようとしなかった病床の手記である」（蒲池文雄「解題」、『子規全集　第十一巻　随筆二』講談社、一九七五）。

『ホトトギス』の「附録」となった『仰臥漫録』からは、「絵画類が一切省かれたほか、本文も遺族に対する配慮からか家族に対して言及した数個所が削られ、さらにメモ類やあとの部分の俳句・和歌等の一切が省略された」（同前）。

実際の『仰臥漫録』は「「土佐半紙の大判物」に書かれ、「二冊に分綴してあつて、一冊が七十一枚、第二冊が七十五枚」であった」。その「（第一冊）の最後は十月十三日の記事で、子規が母と妹の留守に「自殺熱」と戦う心理が描かれ、「古白曰来」の文字（中略）と、小刀及び千枚通しの絵で終わっている」（同前、引用文中の「」内は一九二七年刊行の岩波文庫版『仰臥漫録』の寒川鼠骨による「解説」からの引用）。すでに触れたように、古白は子規の従弟で本名は藤野潔。一八九五（明治二八）年にピストル自殺を図り、死去した人物だ。

この「古白曰来」の四文字について、子規はロンドンの漱石への手紙で知らせていた。

しかも、その子規の最後の手紙を、漱石は『吾輩は猫である』「中篇」に収められた、著者によるまえがきにあたる「自序」において、全文引用することになる。当初は一話完結のつもりであった『吾輩は猫である』が大人気だったため、『ホトトギス』誌上で第十一回まで連載されることになった。第六章から九章までを収めたのが「中篇」である。

漱石が全文引用した子規の手紙は、次のとおりである。

> 僕ハモーダメニナツテシマツタ、毎日訳モナク号泣シテ居ルヤウナ次第ダ、ソレダカラ新聞雑誌ヘモ少シモ書カヌ。手紙ハ一切廃止。ソレダカラ御無沙汰シテスマヌ。今夜ハフト思ヒツイテ特別ニ手帋ヲカク。イツカヨコシテクレタ君ノ手紙ハ非常ニ面白カツタ。近来僕ヲ喜バセタ者ノ随一ダ。僕ガ昔カラ西洋ヲ見タガツテ居タノハ君モ知ツテルダロー。ソレガ病人ニナツテシマツタノダカラ残念デタマラナイノダガ、君ノ手紙ヲ見テ西洋ヘ往タヤウナ気ニナツテ愉快デタマラヌ。若シ書ケルナラ僕ノ目ノ明イテル内ニ今一便ヨコシテクレヌカ（無理ナ注文ダガ）

画ハガキモ慥（たしか）ニ受取タ。倫敦（ロンドン）ノ焼芋ノ味ハドンナカ聞キタイ。

不折ハ今巴理（パリ）ニ居テコーランノ処（ところ）へ通フテ居ルサウヂヤ。君ニ逢（あ）フタラ鰹節（かつおぶし）一本贈ルナド、イフテ居タガモーソンナ者ハ食フテシマツテアルマイ。

虚子ハ男子ヲ挙ゲタ。僕ガ年尾トツケテヤツタ。

錬卿死ニ非風死ニ皆僕ヨリ先ニ死ンデシマツタ。

僕ハ迚（とて）モ君ニ再会スルコトハ出来ヌト思フ。万一出来タトシテモ其（その）時ハ話モ出来ナクナツテルデアロー。実ハ僕ハ生キテヰルノガ苦シイノダ。僕ノ日記ニハ「古白曰来」ノ四字ガ特書シテアル処ガアル。

書キタイコトハ多イガ苦シイカラ許シテクレ玉へ。

明治三十四年十一月六日灯下ニ書ス

東京　子規拝

倫敦ニテ
漱石　兄

「自殺熱」との対峙

漱石にとっては結果として子規からの遺書となったこの手紙は、子規にとって生きることそのものだった「書」くことが出来なくなったという報告から始まる。だからこそ「特別」な「手紙」なのだ。

かつて漱石がロンドンから出した「手紙」に対して「非常ニ面白カツタ」と感謝し、読みながら「西洋へ往タヤウナ気ニナツ」たと、漱石の言葉を乗り物にして「西洋ヲ見タガツテ居タ」願望が果たせたようだとまで述べている。『倫敦消息』への心からの礼状である。そして「僕ノ目ノ明イテル内」の最後の願いとして、「今一便ヨコシテクレヌカ」と依頼している。命がけの、「今一便」という子規の願い。結局漱石はその願いに応じることはなかった。

近況報告ではありながら、新たに生まれた一つの命と、失われていった二つの命を対比し、「僕ハ迚モ君ニ再会スルコトハ出来ヌ」という覚悟を、子規は漱石に手渡している。そして「生キテヰルノガ苦シイ」と、看病をしてくれている周囲の者には、決して口に出せない本音を書き綴（つづ）ってもいる。

そのうえで、「古白曰来」という「四字」が「僕ノ日記ニ」「特書シテアル」と、漱石に『仰臥漫録』の読者になることを、子規は強く要請しているのだ。なぜなら、この「古白曰来」という「四字」に言及した直後に、「苦シイ」ことを理由に「手紙」を「書」くことを子規は止めてしまうからだ。「書キタイコトハ多イ」にもかかわらず、「書キタイコトハ」すでに「日記ニ」「特書シテアル」と言わんばかりに。

先に示した蒲池氏の「解題」にあるように、「古白曰来」の「四字」は、明治三四年一〇月一三日の記事で終っている第一冊の最後、「小刀及び千枚通しの絵」の上に記されて

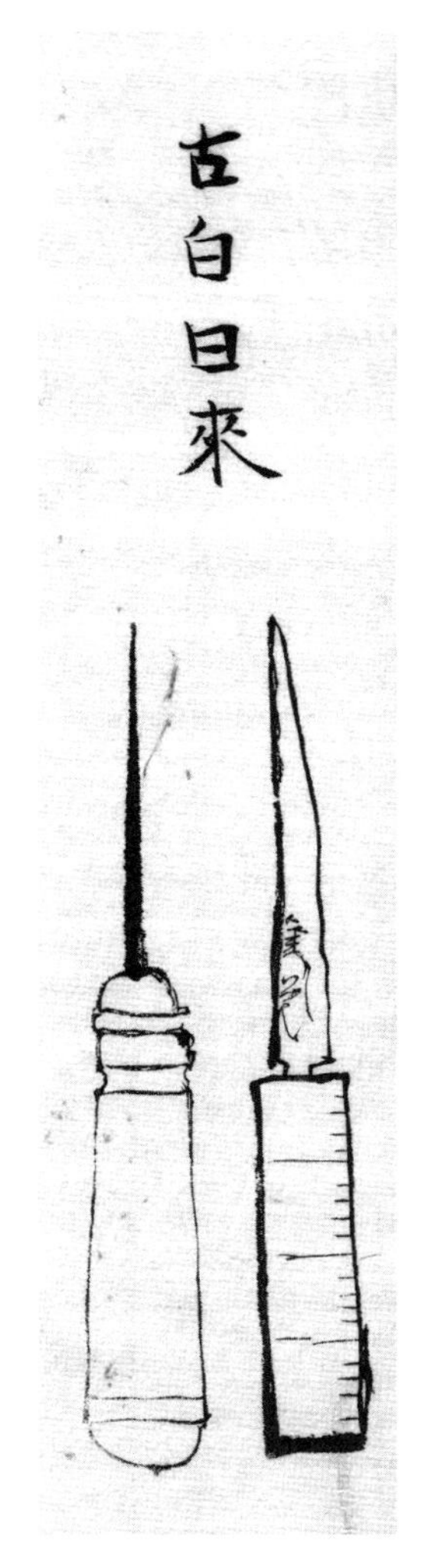

いた。この絵こそ子規が自らの「自殺熱」と厳しくかつ激しく対峙したときの表象なのだ。「タマラン〳〵ドウシヤウ〳〵」と叫び続ける子規に、母は「シカタガナイ」という「静カナ言葉」をかけるだけだ。その母に子規は坂本四方太を呼び出すための電報を出すことを依頼する。

母は出かけ、「此家（この）ニハ余一人トナッタ」と思う子規の目交（まなかい）に「硯箱（すずり）」が立ち現れる。

……二寸許（ばか）リノ鈍イ小刀ト二寸許リノ千枚通シノ錐（きり）トハシカモ筆ノ上ニアラハレテ居ルサナクトモ時々起ラウトスル自殺熱ハムラ、、ト起ツテ来タ　実ハ電信文ヲ書クトキニハヤチラトシテヰタノダ　併（しか）シ此鈍刀ヤ錐デハマサカニ死ネヌ

隣の部屋には「剃刀（かみそり）」があり、それを使えば「咽喉ヲ搔（か）ク」ことが出来るのではあるが、「匍匐（はらば）フコトモ出来ヌ」今の状態では取りに行くことさえ出来ない。この「小刀」で「ノド笛ヲ切断」し、「錐デ心臓ニ穴ヲアケ」て「死ヌ」ことも可能ではあるが、「長ク苦シ」まないためには「穴ヲ三ツカ四ツ」あけなければならない。そこまで考えて、子規は改め

て気づくのだ。

死ハ恐ロシクハナイノデアルガ苦ガ恐ロシイノダ　病苦デサヘ堪ヘキレヌニ此上死ニソコナフテハト思フノガ恐ロシイ

死にそこなったらどうしようと「思フ」自分の心の動き方そのものが「恐ロシイ」ことに子規は書きながら気がついてしまう。「心ノ中」で、「小刀」を「取ラウト取ルマイトノ二ツガ戦ツテ居ル」ことを自覚し、そう考えているうちに「シヤクリアゲテ泣キ出シ」てしまう。そこへ母が帰宅する。「自殺」は回避された。息子の「自殺熱」を予知しての「大変早」い母の帰宅だったのかもしれない。

「取ルマイ」という気持ちが勝ったために、手に「取ル」ことのなかった「小刀」と「錐」の絵を、子規は手紙を書くために手に取っていた筆で写生していく。その「小刀」と「錐」の切っ先が「特書」した「古白曰来」の四文字を指しているのだ。

「古白」というキーワード

子規が自分の死後、『仰臥漫録』の「古白曰来」と「特書」した四文字に漱石の視線をまず誘おうとしたのは、一八九五（明治二八）年四月七日にピストル自殺を図り、一二日に死んだ古白藤野潔の記憶を想起してもらうためだ。自殺者からの呼びかけとしての「自殺熱」と、自分がどう向き合ったのかを、子規はまず漱石に読み取ってもらいたかったのだ。「小刀」と「錐」を手に取る代りに、筆を取ってそれらを写生したことが、「自殺熱」を克服し、「病苦」を引き受けて生ききることにつながっていることも、文字と絵の配合からしっかりと伝わってくる。『仰臥漫録』という、文字と絵画によって構成されているテクストの解読の仕方が示されているとさえ思えてならないのである。「古白曰来」という「四字ガ特書シテアル処」に、読者としての漱石の眼差(まなざ)しを向けることによって、子規は何を実現しようとしていたのだろうか。

第一に「西洋ヲ見タガツテ居タ」自分が「病人ニナツテシマツ」て以来の、漱石との関わりの全体を、子規は想起してもらおうとしたのだ。ここで読者にも、第三章で触れた

「古白氏自殺」のことに漱石が言及していた、一八九五（明治二八）年五月二六日付の子規宛の手紙を想い起こしてもらいたい。宛先は「神戸市神戸県立病院」。子規が日清戦争従軍から帰還する船の中で五月一七日に喀血（かっけつ）し、二三日にここに入院したことを知っての、松山で教師生活を始めたばかりの漱石からの見舞い状のことだ。

漱石は「首尾よく大連湾より御帰国は奉賀候（さぶら）へども神戸県立病院はちと寒心致候長途の遠征旧患を喚起致候訳にや心元なく存候」と病床の子規への心遣いを示しながら、松山に着いてからの近況報告をしていく。そして子規の親戚から「世話」をする申し入れがあったことに謝意を示したうえで、「古白氏自殺のよし当地に風聞を聞き驚入候随分事情のある事と存候へども惜しき極に候」と深い哀悼の思いを伝えていた。

注目すべきなのは、その後、先に述べたように「小子近頃俳門に入らんと存候御閑暇の節は御高示を仰ぎ度候」と、子規を宗匠と見立てて、漱石は弟子として入門することを申し出ていたことだ。

死の病を抱え込んだ子規と、この後どのように共に生きていくのかをめぐる、漱石の提案であった。

以後渡英までの五年間、漱石が自らの俳句を送り、子規が添削して返却するという言葉のやり取りが、二人の文学的関係の基本となる。「古白」の名は、子規が「病人ニナッテシマツ」てからの、漱石との手紙のやり取りをめぐる全ての記憶の回路を開く、文字どおりの「キーワード」だったのである。

正岡家の経済問題

「病人ニナツテシマツ」てからの関わり方の全体を想起してもらったうえで、子規は自分の死後を、漱石に託そうとしていた。「古白曰来」の「四字」に漱石の視線を向けさせようとした第二の意図は、自らの死後の正岡家の経済問題を漱石に理解してもらうことではなかったか。なぜなら「古白曰来」の「四字」と「小刀」と「錐」の絵をはさんで屹立してくるのが、「雑用」と「金」という文字だからである。

「古白曰来」の「四字」と「小刀」と「錐」の絵の直前の記述に、二度「雑用」という言葉があらわれる。

死ノ近キヲ知ルカラソレ迄ニ楽ミヲシテ見タクナル　楽ミヲシテ見タクナルカラ突飛ナ御馳走モ食フテ見タクナル　突飛ナ御馳走モ食フテ見タクナルカラ雑用ガホシクナル　雑用ガホシクナルカラ書物デモ売ラウカトイフコトニナル……イヤ、、書物ハ売リタクナイ　サウナルト困ル　困ルトイヨ、、逆上スル（傍点引用者）

この場合の「雑用」とは、こまごまとした種々の費用、雑費のこと。「死」が近いと強く意識するから「楽ミ」をしたい。子規にとっての「楽ミ」とは、「御馳走」を食べること。それには「雑用」が必要だが、手元に余分な金銭はない。金銭を得るためには蔵書を売らねばならないが、それは「イヤ」だ……。

直後、と言っても二冊目の表紙の次に、同じ一〇月一三日の続きの記述がある。

再ひしやくり上て泣候処へ四方太参りほと丶きすの話金の話などいろ〱不平をもらし候ところ夜に入りては心地はれ〱と致申候

ずっと心に引っかかっていた「金の話」を、母に出させた電報で呼び寄せた坂本四方太に相談して、ようやく子規は「心地はれ〳〵と」なる。「古白曰来」の「四字」をはさむように記された「雑用」としての「金の話」を中心にして『仰臥漫録』を読み通してもらいたいという依頼を、子規は漱石に向かって発していたのだ。

先の一八九五（明治二八）年五月二六日付の手紙の中で漱石が子規に報告した、「八十円の月俸」は当時で言えば破格の高給であった。帝国大学を卒業し大学院に籍を置いた漱石は、松山中学校において外国人教師並の待遇だったのだ。

そのことまで子規が想起していたかどうかはわからないが、『仰臥漫録』の一九〇一（明治三四）年九月三〇日付の記述の中で、日本新聞社から「月給（四十円）」が届けられたときに、「明治二十五年十二月入社月給十五円。二十六年一月ヨリ二十円」と、自分の給与の変遷を想い起こしている。

学生時代に「大学ヲ卒業」したら「五十円ノ月給ヲ取ラン」としたが、「病身」のためなかなか実現出来なかった。けれども「今ハ新聞社ノ四十円トホトヽギスノ十円トヲ合セテ一ケ月五十円ノ収入アリ　昔ノ妄想ハ意外ニモ事実トナリテ現レタリ　以(もっ)テ満足スベキ也」と子規は自分に言い聞かせている。

しかしこの日は月末だ。九月の支払いの総額が突きつけられる。家賃と食費と光熱費で「三十二円七十二銭三厘」。決して余裕のある生活ではない。しかも正岡家の収入は、病床でもなお毎日文筆業を営んでいる、新聞記者である子規の日本新聞社からの「四十円」と「ホト、ギスノ十円」で成り立っているのである。子規が死んだら収入は途絶えてしまう。けれども死期は迫っている。「御馳走」が食べたい。「雑用」が欲しい……。

『仰臥漫録』の一〇月二三日の記述の末尾に「赤黄緑三色ノ木綿ヲ縫ヒ合セテ財布ヲ作ル之ヲ頭上ノ力綱ニ掛ク　中ニ二円アリ　コレ今月分ノ余ノ雑用トシテ虚子ヨリ借ル所」とある。遂に子規は高浜虚子から「雑用」を借金したのである。あの世から藤野古白に「来い」と言われ、「小刀」と「錐」を準備したが、子規はまず「雑用」の手を打ったのだ。

二五日には「終ニ虚子ヨリ二十円借ルコトトナリ已ニ現金十一円請取リタリ」とある。子規はすぐに続けて「コレハ借銭ト申シテモ返スアテモナク死後誰カ返シテクレルダロー位ノコト也　誰モ返サヾルトキハ家具家財書籍何ニテモ我内ニアル者持チ行カレテ苦情ナキ者也トノ証文デモ書イテオクベシ」と書き記している。

母と妹を漱石に託す

返すあてもない借金をなぜこんなに急いで虚子からしたのだろうか。その理由が判明するのが一〇月二七日の叙述である。

明日ハ余ノ誕生日ニアタル（旧暦九月十七日）ヲ今日ニ繰リ上ゲ昼飯ニ岡野ノ料理二人前ヲ取リ寄セ家内三人ニテ食フ。コレハ例ノ財布ノ中ヨリ出タル者ニテイサ、カ平生看護ノ労ニ酬イントスルナリ。蓋シ亦余ノ誕生日ノ祝ヒヲサメナルベシ。

「祝ヒヲサメ」であると覚悟を決めて、自分の「誕生日」を一日「繰リ上ゲ」て、料理屋から「会席膳ニ五品」、「二人前ヲ取リ寄セ」るための借金であった。「料理二人前」の支払いは「例ノ財布ノ中ヨリ出タル者」だった。それは「母ヤ妹」の「平生看護ノ労ニ酬イントスル」ためだったのだ。

「会席膳ニ五品」の「料理」の名称を全て書き記したうえで、「料理屋ノ料理」が「ウマクナイ」という「世上ノ人」に対して子規は反論する。

……病床ニアリテサシミ許リ食フテ居ル余ニハ其料理ガ珍ラシクモアリウマクモアル。平生台所ノ隅デ香ノ物バカリ食フテ居ル母ヤ妹ニハ更ニ珍ラシクモアリ更ニウマクモアルノダ。

「雑用」と「金」の叙述に漱石の視線を誘いながら、子規は自分を看護し続けてくれた「母ヤ妹」に対する感謝の思いと、自分の死後における二人の存在を、漱石に託したのである。これが漱石を「古白曰来」という「四字」に注目させる第三の理由だ。

「母ヤ妹」の「平生看護ノ労」があったからこそ、自分は命をつなぐことが出来た。「古白曰来」という声が自分を「自殺熱」に取り込んでいったとき、律は風呂に行って留守であり、だから電報を出させに母を外出させたのであった。

そうした自分の「自殺熱」を克服し、「自殺」へ誘う古白の声を「四字」の文字に変換し、「小刀」と「錐」を絵に画き終ったとき、その「母ヤ妹」の「労」を労いたいという強い思いが子規の中に湧き上ってきたことが、『仰臥漫録』というテクストの在り方全体から、読む者の胸に迫ってくるのだ。漱石にもそれは伝わったはずである。

「とう〳〵彼を殺して仕舞つた」

実際の旧暦の誕生日である九月一七日にあたる一〇月二八日の『仰臥漫録』の記述には、前日の「御馳走ノ残リ」を「午飯」に食べたことが記され、夕食も「誕生日」を祝う「小豆飯」で、「左千夫鼠骨ト共ニ」満足して食べたとある。そして「十月二十九日　曇」で中断される。ロンドンの漱石宛の手紙は、その八日後に書かれていたことがわかる。「古白曰来」と「特書シテアル処」に、読者となる漱石の注意を向けようとした、子規の三つの思いは確かに伝わっていた。「古白曰来」という「四字」について述べた子規の手紙の、次に記された一文を、『吾輩は猫である』「中篇自序」で、漱石は二度までも引用しているからだ。この一文は子規から漱石に宛てられた、最後の手紙の最後の文でもある。

書きたいことは多いが苦しいから許してくれ玉へとある文句は露佯り（つゆいつわり）のない所だが、書きたい事は書きたいが、忙がしいから許してくれ玉へと云ふ余の返事には少々の遁辞が這入つて居る。憐れなる子規は余が通信を待ち暮らしつゝ、待ち暮らした甲斐もなく呼吸を引き取つたのである。

手紙を引用する前は、「其儘にして居るうちに子規は死んで仕舞つた」という突き放した書き方であった。自分の責任については一切言及していない。けれども二度目の引用の後は違う。「余の返事」には「遁辞」、すなわち責任逃れと逃げ口上があったことを認め、「待ち暮らし」という言葉を二度使うことで、送ることのなかった「余が通信」と子規が「呼吸を引き取つた」こととの因果関係を明示しているのである。

そして二度目の再引用、すなわち三度目の引用は、次のように行われている。

> 子規はにくい男である。嘗て墨汁一滴か何かの中に、独乙では姉崎や、藤代が独乙語で演説をして大喝采を博してゐるのに漱石は倫敦の片田舎の下宿に燻つて、婆さんからいぢめられてゐると云ふ様な事をかいた。こんな事をかくときは、にくい男だが、書き

たいことは多いが、苦しいから許してくれ玉へ抔と云はれると気の毒で堪らない。余は子規に対して此気の毒を晴らさないうちに、とう〳〵彼を殺して仕舞つた。

漱石の自責の念は「とう〳〵彼を殺して仕舞つた」という頂点に行き着いている。自分がもう一通の『倫敦消息』を書かなかったことが、子規を死に至らしめた直接の原因だとする、「気の毒」という言葉の、二度までの使用と結びついてもいる。いや正確に言えば二度目と三度目の使用と言わねばならない。

この「自序」の前半で、後に全文引用することになる子規からの最後の手紙を、漱石は「多忙の所を気の毒だが、もう一度何か書いてくれまいかとの依頼」と要約していたのだ。しかし先に引用した手紙の中に「多忙の所を気の毒だが」という意味の叙述は存在しない。これは手紙の文面から漱石が読み取った、書かれなかった子規の配慮の気持ちにほかならない。漱石自身が想像した子規の配慮の思いを、「多忙の所を気の毒だが」と言語化したとき、自分自身の子規への配慮の欠如に対する自覚が、漱石の心身の中で一気に爆発したのだ。

「気の毒」を三度使用したことと結びついているのは、『墨汁一滴』における『倫敦消息』への子規の言及である。この序文を書くにあたって、漱石は自分がロンドンにいた時期の子規の病床の日々を、一日一日と辿るようにして読み直したのである。まさに子規の手紙の引用が「不図思ひ出した事がある」という記憶の想起で始まるのも、そのためだ。漱石は、自分が書かなかった手紙を、子規が「待ち暮らしつゝ、待ち暮らした」日々を、一日一日の『仰臥漫録』の叙述を読む実践において、辿り直したに違いない。

三つの依頼を実現する

当初一作読み切りのつもりで発表した『吾輩は猫である』が掲載された『ホトトギス』の附録として『仰臥漫録』が活字化されたことは、本章の最初で述べた。『吾輩は猫である』が読者の評判を呼び、『ホトトギス』は増刷された。だから、連載が決まった第二回の冒頭は、「吾輩は新年来多少有名になつた」と始まることになる。子規の手紙の最後の一文を三度目に引用した後で、漱石は「猫」を子規の「碣頭に献じて、往日の気の毒を五年後の今日に晴さうと思ふ」と宣言する。その理由はこうだ。

子規がいきて居たら「猫」を読んで何と云ふか知らぬ。或は倫敦消息は読みたいが「猫」は御免だと逃げるかも分らない。然し「猫」は余を有名にした第一の作物である。有名になつた事が左程の自慢にはならぬが、墨汁一滴のうちで暗に余を激励した故人に対しては、此作を地下に寄するのが或は恰好かも知れぬ。

「有名」になることは、生前の子規の「激励」に応答することだったのだ。そして書き写した手紙にこめられた子規の三つの依頼を実現することでもあった。

子規の収入の五分の一は『ホトトギス』からのものであった。「猫」を書いた漱石が、「有名」になるということは、『ホトトギス』が無名の「猫」を「有名」にするだけ売れたことにほかならない。『ホトトギス』本体が売れたということは、附録の部数も増えたということだ。子規の死後残された母と妹の「雑用」の幾分かを得ることに、漱石は貢献したことになる。「古白曰来」の「四字」を仲立ちとした黙契の二つまでは「猫」で実現することが出来たのである。

残る一つは、子規との関わりの全体を想起することだ。「往日の気の毒を五年後の今日に晴さうと思ふ」という叙述のすぐ後に、漱石は「子規は死ぬ時に糸瓜の句を咏んで死んだ男である」と書きつける。読者は子規の最後の三句を想起する。

糸瓜咲て痰のつまりし仏かな
痰一斗糸瓜の水も間にあはず
をととひのへちまの水も取らざりき

漱石は、読者への記憶の呼びさましをうながした後、「余が十余年前子規と共に俳句を作つた時」のことを想起して書きつける。

長けれど何の絲瓜とさがりけり

漱石は子規と応答し続ける。

「先生今日は大分俳句が出来ますね」

「今日に限つた事ぢやない。いつでも腹の中で出来てるのさ。僕の俳句に於ける造詣と云つたら故子規子も舌を捲いて驚ろいた位のものさ」

「先生、子規さんとは御つき合でしたか」と正直な東風君は真率な質問をかける。

「なにつき合はなくつても始終無線電信で肝胆相照らして居たもんだ」と無茶苦茶を云ふので東風先生あきれて黙つて仕舞つた。（『吾輩は猫である』）

おわりに

授業にも出ていたという大学の卒業生が、「就職してすぐ配属されたのが新書編集部なので著者になってください」と七年前に私の研究室を訪れて依頼をしてくれたところから本書の執筆は始まった。

当初は正岡子規論を書く方向で、「俳句ジャーナリスト」という位置づけをしていこうと執筆していた。しかし書けば書くほど、「五七五」の世界を理解していない自分と向き合わざるをえなくなった。

改めて「五七五」の世界を学び直そうと、かつての成城大学での同僚だった尾形仂先生の著書を読み直し、井上ひさしさんの『芭蕉通夜舟』がこまつ座で十代目坂東三津五郎主演で上演されるにあたって、江戸の俳句事情をテーマに、解説めいた文章を『the 座』（第七三号、二〇一二・八）に書かせていただいた。これが、「五七五」の世界についての、私が書いた最初の文章であった。その固有名を文字に記しながら、御三方が故人であることを、改めて受けとめ直す。

『芭蕉通夜舟』についての文章を書く依頼を受けた頃、坪内稔典さんの『正岡子規――言葉と生きる』（岩波新書、二〇一〇）を読み直していた。「僕ハモーダメニナツテシマツタ」で始まる子規から漱石への最後の手紙の冒頭を引用しながら、稔典さんは涙を流し、「おそらくロンドンの漱石も泣き、「君はよく生きたよ、子規君」とつぶやいたのでは」と書かれていた。同感であった。

私もこの手紙はずっと気になっていた。なぜなら漱石は、『吾輩は猫である』の「中篇（ちゅうへん）」の「自序」で、この手紙を全文引用しているからだ。しかもこの手紙で子規は、病床で書かれた『仰臥漫録（ぎょうがまんろく）』の読者に、漱石がなることを求めていた。作者子規からの遺言として、この手紙、すなわち病床の「写生文」としての訴えを、読者漱石はロンドンで受けとめ、作者の死後にロンドンから帰って、『仰臥漫録』の一と二の間にある絵と共に「古白曰来（こはくいわくきたれ）」の四文字を必ず読まねばならないよう方向づけられた。

散文としての「写生文」であれば、私でも表現分析は出来る。批評や手紙もまた散文である。子規と漱石の手紙のやり取りを編んだ、和田茂樹編『漱石・子規往復書簡集』（岩波文庫、二〇〇二）をもとに、稔典さんは、自分と子規と漱石の仮想鼎談（ていだん）『俳人漱石』（岩波新書、二〇〇三）を出されてもいた。ならば「五七五」の世界はそちらに任せて、私は批評や手紙と「写生文」、散文による子規と漱石の応答をまとめてみよう、と数年放置してあった原稿を全面改稿する気力をふるい立たせた。当初、新書としての文字数などあまり考えずに書いていていたため、聴覚の写生文とも言える『夏の夜の音』を論じた章を入れることが出来なかったのが心残りではある。

手書きの原稿は、私への依頼を忘れずにいてくれた渡辺千弘さんが入力してくださり、訂正のたびごとにご迷惑をかけた。渡辺さんなしに本書は実現しなかった。また、校正の段階から渡辺さんに協力してくださった穂積敬広さんにもお世話になった。お二人に心から感謝を捧（ささ）げたい。

小森陽一

二〇一六年九月

図版作成／株式会社ウエイド

小森陽一（こもり よういち）

一九五三年東京生まれ。北海道大学文学部卒業。同大学大学院博士後期課程退学。成城大学助教授などを経て、東京大学大学院総合文化研究科・教養学部教授。専門は日本近代文学。「九条の会」事務局長。『漱石を読みなおす』（岩波現代文庫）、『小森陽一、ニホン語に出会う』（大修館書店）、『大人のための国語教科書　あの名作の〝アブない〟読み方！』（角川oneテーマ21）、『漱石論　21世紀を生き抜くために』（岩波書店）、『文体としての物語・増補版』（青弓社）など著書多数。

集英社新書〇八五四F

子規と漱石　友情が育んだ写実の近代

二〇一六年一〇月一九日　第一刷発行

著者……小森陽一
発行者……茨木政彦
発行所……株式会社集英社
東京都千代田区一ツ橋二-五-一〇　郵便番号一〇一-八〇五〇
電話　〇三-三二三〇-六三九一（編集部）
〇三-三二三〇-六〇八〇（読者係）
〇三-三二三〇-六三九三（販売部）書店専用

装幀……原　研哉
印刷所……大日本印刷株式会社　凸版印刷株式会社
製本所……加藤製本株式会社
定価はカバーに表示してあります。

ISBN 978-4-08-720854-2 C0295

Printed in Japan

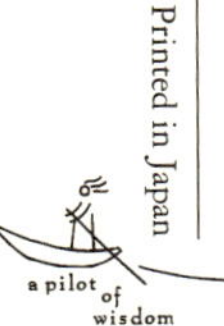

好評既刊　集英社新書

文芸・芸術——F

天才アラーキー 写真ノ時間　荒木経惟
プルーストを読む　鈴木道彦
フランス映画史の誘惑　中条省平
ピカソ　瀬木慎一
超ブルーノート入門 完結編　中山康樹
ジョイスを読む　結城英雄
余白の美 酒井田柿右衛門　十四代酒井田柿右衛門
父の文章教室　花村萬月
日本の古代語を探る　西郷信綱
古本買い 十八番勝負　嵐山光三郎
江戸の旅日記　ヘルベルト・プルチョウ
脚本家・橋本忍の世界　村井淳志
ジョン・レノンを聴け！　中山康樹
必笑小咄（こばなし）のテクニック　米原万里
小説家が読むドストエフスキー　加賀乙彦
喜劇の手法 笑いのしくみを探る　喜志哲雄
落語「通」入門　桂文我
永井荷風という生き方　松本哉
世にもおもしろい狂言　茂山千三郎
クワタを聴け！　中山康樹
米原万里の「愛の法則」　米原万里
官能小説の奥義　永田守弘
日本人のことば　粟津則雄
宮澤賢治 あるサラリーマンの生と死　佐藤竜一
寂聴と磨く「源氏力」全五十四帖 一気読み！　「百万人の源氏物語」委員会編
田辺聖子の人生あまから川柳　田辺聖子
現代アート、超入門！　藤田令伊
江戸のセンス　荒井修　いとうせいこう
俺のロック・ステディ　花村萬月
マイルス・デイヴィス 青の時代　中山康樹
現代アートを買おう！　宮津大輔
小説家という職業　森博嗣
美術館をめぐる対話　西沢立衛

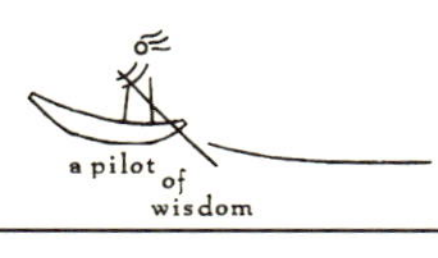

音楽で人は輝く　樋口裕一
オーケストラ大国アメリカ　山田真一
証言　日中映画人交流　劉文兵
荒木飛呂彦の奇妙なホラー映画論　荒木飛呂彦
耳を澄ませば世界は広がる　川畠成道
あなたは誰？　私はここにいる　姜尚中
素晴らしき哉、フランク・キャプラ　井上篤夫
フェルメール　静けさの謎を解く　藤田令伊
司馬遼太郎の幻想ロマン　磯貝勝太郎
GANTZなSF映画論　奥浩哉
池波正太郎「自前」の思想　佐高信／田中優子
世界文学を継ぐ者たち　早川敦子
あの日からの建築　伊東豊雄
至高の日本ジャズ全史　相倉久人
ギュンター・グラス「渦中」の文学者　依岡隆児
キュレーション　知と感性を揺さぶる力　長谷川祐子
荒木飛呂彦の超偏愛！映画の掟　荒木飛呂彦

水玉の履歴書　草間彌生
ちばてつやが語る「ちばてつや」　ちばてつや
書物の達人　丸谷才一　菅野昭正・編
原節子、号泣す　末延芳晴
映画監督という生き様　北村龍平
日本映画史110年　四方田犬彦
読書狂（ビブリオマニア）の冒険は終わらない！　三上延／倉田英之
文豪と京の「庭」「桜」　海野泰男
アート鑑賞、超入門！　7つの視点　藤田令伊
なぜ『三四郎』は悲恋に終わるのか　石原千秋
荒木飛呂彦の漫画術　荒木飛呂彦
盗作の言語学　表現のオリジナリティーを考える　今野真二
世阿弥の世界　増田正造
ヤマザキマリの偏愛ルネサンス美術館　ヤマザキマリ
テロと文学　9・11後のアメリカと世界　上岡伸雄
漱石のことば　姜尚中
「建築」で日本を変える　伊東豊雄

集英社新書　好評既刊

哲学・思想――C

乱世を生きる　市場原理は嘘かもしれない　橋本　治
ブッダは、なぜ子を捨てたか　山折哲雄
憲法九条を世界遺産に　太田　光／中沢新一
悪魔のささやき　加賀乙彦
「狂い」のすすめ　ひろさちや
越境の時　一九六〇年代と在日　鈴木道彦
偶然のチカラ　植島啓司
日本の行く道　橋本　治
新個人主義のすすめ　林　望
イカの哲学　中沢新一／波多野一郎
「世逃げ」のすすめ　ひろさちや
悩む力　姜　尚中
夫婦の格式　橋田壽賀子
神と仏の風景「こころの道」　廣川勝美
無の道を生きる――禅の辻説法　有馬頼底
新左翼とロスジェネ　鈴木英生
虚人のすすめ　康　芳夫
自由をつくる　自在に生きる　森　博嗣
不幸な国の幸福論　加賀乙彦
創るセンス　工作の思考　森　博嗣
天皇とアメリカ　吉見俊哉／テッサ・モーリス-スズキ
努力しない生き方　桜井章一
いい人ぶらずに生きてみよう　千　玄室
不幸になる生き方　勝間和代
生きるチカラ　植島啓司
必生（ひっせい）　闘う仏教　佐々井秀嶺
韓国人の作法　金　栄勲
強く生きるために読む古典　岡　敦
自分探しと楽しさについて　森　博嗣
人生はうしろ向きに　南條竹則
日本の大転換　中沢新一
実存と構造　三田誠広
空（くう）の智慧、科学のこころ　ダライ・ラマ十四世／茂木健一郎

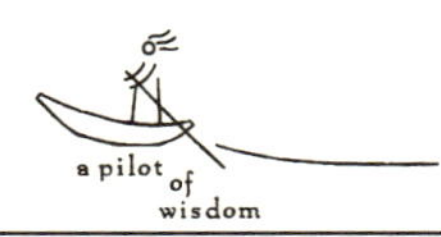
a pilot
of
wisdom

歴史・地理——D

「日出づる処の天子」は謀略か	黒岩重吾
日本人の魂の原郷　沖縄久高島	比嘉康雄
沖縄の旅・アブチラガマと轟の壕	石原昌家
アメリカのユダヤ人迫害史	佐藤唯行
怪傑！　大久保彦左衛門	百瀬明治
寺田寅彦は忘れた頃にやって来る	松本　哉
ヒロシマ——壁に残された伝言	井上恭介
悪魔の発明と大衆操作	原　克
英仏百年戦争	佐藤賢一
死刑執行人サンソン	安達正勝
パレスチナ紛争史	横田勇人
ヒエログリフを愉しむ	近藤二郎
僕の叔父さん　網野善彦	中沢新一
ハンセン病　重監房の記録	宮坂道夫
勘定奉行　荻原重秀の生涯	村井淳志
江戸の妖怪事件簿	田中　聡
沖縄を撃つ！	花村萬月
反米大陸	伊藤千尋
ハプスブルク帝国の情報メディア革命	菊池良生
大名屋敷の謎	安藤優一郎
陸海軍戦史に学ぶ　負ける組織と日本人	藤井非三四
在日一世の記憶	小熊英二／姜尚中 編
徳川家康の詰め将棋　大坂城包囲網	安部龍太郎
名士の系譜　日本養子伝	新井えり
知っておきたいアメリカ意外史	杉田米行
長崎グラバー邸　父子二代	山口由美
江戸・東京　下町の歳時記	荒井　修
警察の誕生	菊池良生
愛と欲望のフランス王列伝	八幡和郎
日本人の坐り方	矢田部英正
江戸っ子の意地	安藤優一郎
長崎　唐人屋敷の謎	横山宏章
人と森の物語	池内　紀

a pilot of wisdom

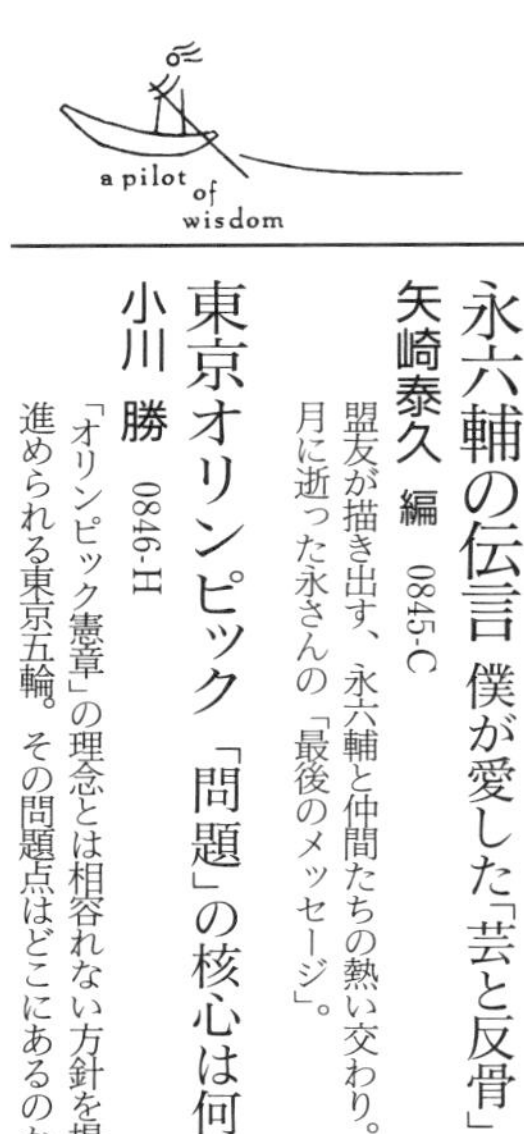

集英社新書　好評既刊

ラグビーをひもとく 反則でも笛を吹かない理由
李淳馹　0843-H
ゲームの歴史と仕組みを解説し、その奥深さとワンランク上の観戦術を提示する、画期的ラグビー教本。

「戦後80年」はあるのか ――「本と新聞の大学」講義録
モデレーター　一色 清／姜尚中
内田 樹／東 浩紀／木村草太／
山室信一／上野千鶴子／河村小百合　0844-B
日本の知の最前線に立つ講師陣が「戦後70年」を総括し、今後一〇年の歩むべき道を提言する。人気講座第四弾。

永六輔の伝言 僕が愛した「芸と反骨」
矢崎泰久 編　0845-C
盟友が描き出す、永六輔と仲間たちの熱い交わり。七月に逝った永さんの「最後のメッセージ」。

東京オリンピック「問題」の核心は何か
小川 勝　0846-H
「オリンピック憲章」の理念とは相容れない方針を掲げ進められる東京五輪。その問題点はどこにあるのか。

ライオンはとてつもなく不味い〈ヴィジュアル版〉
山形 豪　041-V
ライオンは、不味すぎるため食われずに最期を迎える……等々、写真と文章で綴るアフリカの「生」の本質。

「建築」で日本を変える
伊東豊雄　0848-F
地方には自然と調和した新たな建築の可能性があると言う著者が、脱成長時代の新たな建築のあり方を提案。

橋を架ける者たち ――在日サッカー選手の群像〈ノンフィクション〉
木村元彦　0849-N
サッカーで様々な差別や障害を乗り越えてきた在日選手たち。その足跡を描き切った魂のノンフィクション。

アルツハイマー病は治せる、予防できる
西道隆臣　0850-I
認知症の約六割を占めるアルツハイマー病の原因物質を分解する酵素を発見！ 治療の最前線が明らかに。

「火付盗賊改」の正体 ――幕府と盗賊の三百年戦争
丹野 顯　0851-D
長谷川平蔵で有名な火付盗賊改の誕生、変遷、捕り物の様子から人情味あふれる素顔まで、その実像に迫る。